LUIS CERNUDA
致未来的诗人

〔西〕塞尔努达 著
范晔 译

图书在版编目(CIP)数据

致未来的诗人 /(西)塞尔努达著;范晔译.
—北京:人民文学出版社,2021(2023.3 重印)
(巴别塔诗典)
ISBN 978-7-02-016920-7

Ⅰ.①致… Ⅱ.①塞…②范… Ⅲ.①诗集-西班牙-现代 Ⅳ.①I551.25

中国版本图书馆 CIP 数据核字(2021)第 005835 号

责任编辑　朱卫净　何炜宏
装帧设计　李苗苗

出版发行	人民文学出版社
社　　址	北京市朝内大街 166 号
邮　　编	100705
印　　刷	凸版艺彩(东莞)印刷有限公司
经　　销	全国新华书店等
字　　数	70 千字
开　　本	889 毫米×1194 毫米　1/32
印　　张	6.75
插　　页	5
版　　次	2021 年 6 月北京第 1 版
印　　次	2023 年 3 月第 2 次印刷
书　　号	978-7-02-016920-7
定　　价	69.00 元

如有印装质量问题,请与本社图书销售中心调换。电话:010-65233595

目录

序言（赵振江） _1

最初的诗

"孤独中。感觉不到……" _3

一条河，一种爱

内华达 _7

被禁止的愉悦

在人群中 _11
我躺着 _12
如果人能说出 _13
独自等待 _15
对一些人来说，活着 _16

_2

让我留着这声音　_17
以激情还激情　_19
在海底　_20
我来是要看看　_21

乞灵

诗人的荣光　_25

云

致死去的诗人（F. G. L.）　_33
拉撒路　_39
流亡印象　_46
三王来朝　_49

仿佛等待黎明的人

安达卢西亚人　_65
致未来的诗人　_66

活而未活

风与灵魂 _73

倒计时

乐器 _77
第五十一个平安夜 _78
献给一个身体的诗 _80
  VI 说出以后 _80
  IX 你从何而来 _81
  X 和你在一起 _82
  XVI 一个人和他的爱 _82

喀迈拉的哀伤

莫扎特 _87
陀思妥耶夫斯基与肉体之美 _91
音乐小品 _93
被俘的音乐 _94
玛黎布 _95
西班牙双联画 _97

路德维希二世聆听《罗恩格林》　_107
喀迈拉的哀伤　_113
朝圣者　_118
生有时，寐有时　_119
对玛诺娜说　_120
1936 年　_123

奥克诺斯

钢琴　_129
时间　_131
命运　_133
重影　_135
图书馆　_137
孤独　_139

墨西哥变奏

悠闲　_143
印第安人　_145

一本书的记录（汪天艾 译）　_147

序言

我的学生范晔携他的学生汪天艾要翻译出版一部塞尔努达诗选,要我写一篇序言,以体现"老中青三结合",我也就倚老卖老地欣欣然接受了。其实,他们对塞尔努达的研究比我深,"青出于蓝而胜于蓝;冰水为之而寒于水",一点不假。

路易斯·塞尔努达(Luis Cernuda,1902—1963)出生于塞维利亚的一个老式的资产阶级家庭,从小就对诗歌有兴趣。1919入塞维利亚大学学习法律;在第一学年听了佩德罗·萨利纳斯开设的课程,激发了他对西班牙古典文学的兴趣。1923年去骑兵团服役。1925年,获法学硕士学位;结识胡安·拉蒙·希梅内斯,并在《西方杂志》上发表诗作:与马德里文学界首次接触,为《真实》、《正午》、《海岸》等杂志撰稿。1927年出版《空气的轮廓》,并参加了纪念贡戈拉逝世三百周年的活动。1928年母亲去世,离开塞维利亚,在马拉加与埃米利奥·布拉多斯和马努埃尔·阿尔多拉吉雷建立友谊,十月赴马德里,结识了维森特·阿莱克桑德雷。同年,萨利纳斯在法国图卢兹师范学院替他谋到了一个职位,十一月第一次访问巴黎,开始接触超现实主义。1929年回到马德里,出版了由萨利纳斯作序的《一条河,一种爱》。1931年,塞尔努达开始创作《被禁止的快乐》。这时,诗人已形成了自己表述理念的方式和独特的诗歌语言。这部诗集标志着塞尔努达超现实主义创作时期的结束。1932年,他创作了《遗忘在那里栖息》,记述了个人的情感历程。从1933年起,塞尔努达的政治主张变得十分激进。他为《英雄》杂志写稿,参与编撰赫拉尔多·迭戈的选集,通过拉菲尔·阿尔贝蒂主持的《十月》杂志发表拥护共产党的声明。 1934年,他赴各地为共和国作宣传。在内战中,他作为民兵参加了保卫共和国的战斗;为《西班牙时刻》和《蓝色工装》撰稿;参加第二届世界反法西斯作家大会,希望西班牙成为一个更宽容、自由与文明的国家。这阶段的诗作大多收在写于1937年至1940年的诗集《云》(1943年在布宜诺斯艾利斯出版)里。1938年他赴英国为共和国谋求援助,便再也没回西班牙。塞尔努达在英国居住了8年之久,曾在格拉斯哥(1939—1943)、剑桥(1943—1945)以及伦敦的西班牙语学校(1945—1947)教授西班牙语。之后,塞尔努达去了美国,在蒙特·荷尔约克大学（1947—1952）教书。1953年以后，除了偶尔去美国讲学之外，他一直生活在墨西哥，直至1963年在西班牙女诗人卡门·贡德家中去世。后来的诗作有《等候黎明》(1947)、《活而未活》(1949)、《来时无多》(1950)、《献给一个躯体的诗》(1951)、《喀迈拉的哀伤》(1964)等。

塞尔努达是"27年一代"中一个有争议的成员。"27年一代"的诗人们将新颖、现代的创作手法和技巧引入古老的诗歌传统，在西班牙诗坛掀起一场革命。塞尔努达在自己的诗中，运用了大量的欧洲文学样式，包括古典主义、浪漫主义、象征主义以及超现实主义，来表达对于自我的寻觅和认知。批评家们甚至认为法国、英国、德国诗歌传统对塞尔努达的影响远远大于西班牙自身。帕斯说，当同代的西班牙诗人决定做安达卢西亚人、马德里人、加泰罗尼亚人时，塞尔努达则要做一个欧洲人。塞尔努达在两个层面上，成为西班牙的"敌人"：一个是他饱受争议的"西班牙性"，一是他的"现代性"。对于前者，他属于西班牙异端一族；对于后者，他的诗歌是对欧洲传统缓慢的再征服，是对与西班牙已经隔绝很久的欧洲诗歌主流的寻找。

他的诗歌创作可以被简略地分为三个时期。最早是他的古典主义抒情诗时期。塞尔努达最初的两本诗集，《天空的轮廓》(1927)、《牧歌、挽歌和颂歌》(1928)，反映了他最初对于象征主义以及古典主义的兴趣。这些作品表达了成年人感情的矛盾与复杂。

塞尔努达在1920年之后，清醒地认识到自己的同性恋倾向，他开始借助超现实主义诗句表达自己正在经历的困惑。在《一条河，一种爱》(1929)、《被禁止的快乐》(1931)，《遗忘在那里栖息》(1934) 中，塞尔努达使用意象与事件的随意结合来表达自己的特殊情感，表达对社会敌意的反应。

在塞尔努达超现实主义的、人性化的诗中，他第一次有勇气表达出心底的激情，它们给他一种艺术形式去控制那些几乎无法表达的情感，那种"被禁止的快乐"。

塞尔努达在超现实主义中寻找诗歌的现代精神。对塞尔努达来说，超现实主义不仅仅是一种风格，一种诗歌流派：它是将诗歌融入生命的一种尝试，一种对语言和制度的颠覆。对他来说，超现实主义是一种解放运动，而不是诗歌或者意识运动，是西方世界的最后一次伟大的精神震撼。由于安德烈·纪德，塞尔努达接受了自己的性取向，从那时开始，他不再认为同性恋是病态或者罪恶，而是一种被自由接受和人生的命运。

人们习惯认为塞尔努达是爱情诗人。这不错，而且从这一主题发展出所有其他主题，比如孤独、厌倦与对自然界的兴致、对人类劳作的沉思……他在《等候黎明》这本诗集中说，"爱与被爱是永恒的"。在大约二十几年前，他就说过"死去的不是爱情，而是我们自身"。必须指出的是，塞尔努达的爱情是同性爱。在二十世纪三十年代，他出版《被禁止的快乐》，这对于当时的西班牙社会是巨大的挑战。塞尔努达不觉得自己的同性恋倾向是邪恶或不道德，只是感到自己被社会排斥和拒绝。塞尔努达承认自己是不同的，现代思想尤其是超现实主义告诉他：每个人都是不同的。对于塞尔努达来说，爱是与社会的分离，与自然世界的连接，尽管"遗忘在那里栖息"[①]。

塞尔努达在内战期间诗歌创作的主题有了鲜明的变化。诗集《云》最初的标题是《西班牙的哀歌》，主题是死亡与毁灭。诗人从揭示内心世界转向反映客

[①] "遗忘在那里栖息"是西班牙浪漫派诗人贝克尔的一句诗，意即诗人坟墓的所在地。

观现实。在残酷的战争中，诗人看到只有令人生畏的死亡。诗集的另一个内容是对宗教信仰的探索，塞尔努达认为现代人不应是有神论者。在一首题为《致一位死去的诗人》的九十五行的诗中，塞尔努达歌颂了自己的好友——被法西斯杀害的加西亚·洛尔卡，并愤怒抨击了西班牙的黑暗。

在这首挽歌中，塞尔努达运用了古典挽歌的各种元素和技巧，甚至借鉴了加西亚·洛尔卡本人在《致伊格纳西奥·桑切斯·梅西亚斯的挽歌》和《沃尔特·惠特曼的颂歌》中的艺术手段，但是他从始至终回避"哭泣"这样的字眼，也没有一般挽歌忧伤的韵调，而是采取平和对话的口吻，怀着对朋友的亲情与崇敬，对社会的愤慨和抨击，既令人感动又令人信服。因此，他并未用"致加西亚·洛尔卡的挽歌"这样的题目，而是用《致一位死去的诗人》，只是在下面的括弧中注明了费德里克·加西亚·洛尔卡的缩写（F. G. L.）。这表明加西亚·洛尔卡的遭遇并非个案，仇恨和报复是西班牙社会的普遍现象。

《等候黎明》和《活而未活》所表现的依然是怀念故土和怀念故人的苦闷心情，《来时无多》则表现了诗人对生活的厌倦，觉得自己只是个"没有躯体的幽灵"和"没有理想的阴影"。在《来时无多》中,有一组由十六首短诗组成的《献给一个躯体的诗》,记述了诗人一段炽热的爱情经历,讴歌了一个美丽诱人的身躯,但这份本已迟到的爱却因"惧怕被打入地狱"而终止。

塞尔努达的最后一部诗集是《喀迈拉的哀伤》,标题取自艾略特的一部作品。喀迈拉是希腊神话中令人生厌的喷火怪,前半身像狮子,后半身像蛇,中部像山羊。诗人像老迈、疲惫的喀迈拉一样,回忆自己孤苦、漂泊的一生。在这部诗集中,他虽然不再延续超现实主义的语言方式,虽然他的诗歌美学已有所不同,但他的人生态度却没有改变,依然要无怨无悔地向前。从这首短诗中,可以看出塞尔努达流亡异地、亲情缺失的人生经历。诗人就像乌利西斯一样,艰苦跋涉,却又没有归宿;但他却锲而不舍,坚持自由地向前,去开拓无人走过的土地,去见识无人见过的景观。这不仅是诗人的人生之路,也是诗人的诗歌创作之路。尽管塞尔努达对马拉美、波德莱尔等诗人保有忠诚,但是他并未止步于他们的传统。他曾走向西方现代诗歌的源头——德国浪漫主义。十九世纪早期德国抒情诗人荷尔德林是他的楷模。阅读荷尔德林、布莱克、柯勒律治、让·保罗,不是为了发现而是为了识别。他和他们对话就像和自己对话。他们是他真正的、神秘的上帝。1936年,第一版《现实与愿望》问世时,加西亚·洛尔卡曾在一次酒会上说:"让我们为《现实与愿望》干杯,因为这是西班牙当代最优美的诗集之一。"此后,塞尔努达一直将《愿望与现实》(曾三次扩充)作为自己诗歌总集的名字,足见他一生都处于愿望与现实的矛盾与冲突中,这就是为什么在他的作品中,浪漫与快乐逐渐被痛苦与绝望所取代,和谐与优美变成了冷峻与干涩。批评家把《愿望与现实》看作塞尔努达的"精神自传"。帕斯说,《现实与愿望》是现代西班牙诗人的传记,也是欧洲诗歌良知的传记。

路易斯·塞尔努达(1902—1963)的创作以诗歌为主,兼及文学评论、翻译和短篇小说。

在《当代西班牙诗歌研究》(1957)、《十九世纪英语抒情诗的诗学思考》(1958)、《诗与文学(I、II)》(1960、1964)、《批评、随笔及回想》(1970)等著作中,塞尔努达显示出作为批评家的个性与睿智。他还写作了《三种叙事》(1948),翻译了《荷尔德林诗集》及莎士比亚的《特洛伊罗斯和克瑞西达》。

国内对塞尔努达译介甚少。范晔和汪天艾在深入研究的基础上,译介这位享誉世界诗坛的诗人,令人欣慰。在此简单介绍一下塞尔努达,或许对理解其诗作有所帮助。不当之处,敬请指正。是为序。

赵振江

2014年冬于北京大学

_ 最初的诗

"孤独中。感觉不到……"

孤独中。感觉不到
世界,一墙之隔;
灯火展开脚踪
映入沙发的冷漠。
额头找到护庇
躲在厌倦的怀中。
怎样的离开,怎样的乖僻,
把美变成陌生?
你徒然的青春,为了
一张白纸难过。

一条河,一种爱

内华达 [1]

在内华达州
铁的道路有飞鸟的名字,
雪的原野
雪的时刻。

透明的夜
绽放梦幻的光
在水面或纯净的屋顶
缀满节日的星。

眼泪在微笑,
悲伤属于翅膀,
而翅膀,我们知道,
带来多变的爱情。

---

[1] 内华达(Nevada),在西语中有"落雪"的意思。

树木拥抱树木,
一首歌亲吻另一首歌;
在铁的道路
有痛苦和欢乐经过。

永远有睡着的雪
在别的雪上面,在内华达那边。

_ 被禁止的愉悦

在人群中

我见他在人群中经过,眼眸像头发一样金黄。一路上释放风和许多身体;一个女人在他经过时跪下。我感到鲜血一滴滴脱离血管。

空虚中,我游荡在城市。陌生的人们从身旁经过并不理睬我。一个身体碰上我就在嘶嘶微声中融化。我走着,走着。

我感觉不到自己的双脚。我想触摸,却找不到我的手;我想喊叫,却找不到我的声音。雾把我裹藏在里面。

生命压迫我像悔恨般沉重;我想把它丢出去。但不可能,因为我已经死了并游荡在死人之中。

我躺着

我躺着，怀抱一个如丝的身体。我吻在它的唇，因为河流在下面经过。于是它嘲笑我的爱。

它的背脊像一对折起来的翅膀。我吻着它的背，因为流水在我们下面喧响。于是它感到我嘴唇的烫就哭了。

那身体太美妙，以至在我怀中消失。我亲吻它的痕迹；我的泪把那痕迹抹去。水继续流淌，我在那里留下一把匕首，一只翅膀和一片影子。

我从自己身上剪下另一片影子，它只会在早晨跟着我。至于匕首和翅膀，我一无所知。

如果人能说出

如果人能说出心中所爱,
如果人能把他的爱举上天
像光芒里的一片云;
如果像围墙倒塌,
向矗立其中的真理致意,
人也能抛下身体,只留下他爱的真理,
自身的真理,
无关荣耀,财富或野心,
名叫爱或欲望,
我就能成为那想象中的人;
用舌头,眼睛和双手
在人前宣告被忽视的真理,
他真爱的真理。

我不知何为自由除了被囚于某人的自由
他的名字我听到不能不颤抖;

为了他我忘掉自己卑微的存在,
为了他白天黑夜随他喜欢,
我的身体灵魂漂在他的身体灵魂里
好像无主的木头被大海
自由吞没或托起,全凭爱的自由
唯一令我兴奋的自由,
唯一我为之而死的自由。

我的存在由你决定:
如果不认识你,我没有活过;
如果不认识你就死,我不会死,因为我还没活过。

独自等待

我等待着,不知等待什么。我在入夜时分等待,每个星期六。有人施舍给我,有人看了我一眼,有人不看我就走过去。

我手里有一朵花;我不记得是什么花。走过一个少年,看也不看,他的影子蹭在花上面。我一直伸着手。

花朵落下来,变成一座山。山背后落下一轮太阳;我不记得是不是黑色。

我的手空了。手心出现一滴血。

对一些人来说,活着

对一些人来说,活着就是赤脚踩在玻璃上;对另一些人,活着是面对面地看太阳。

海滩靠着每一个死掉的孩子来计算时辰和日期。一朵花开了,一座塔塌了。

一切都一样。我伸出手,没有下雨。我踩上玻璃;没有太阳。我朝着月亮望去;没有海滩。

不过如此。你的命运就是看着一座座塔耸起,一朵朵花开放,一个个孩子死去;除此之外,好像不成副的纸牌。

让我留着这声音

让我留着这声音,
就像让潘帕草原
留着欲望的荆棘,
留着干枯的河挂在石上。

让我活着像生锈的剑
没有柄,被丢入云彩;
我不想知道嫉妒的荣光
她长着灰烬的角和尾巴。

我有过一个月亮做的指环
悬在八月初的夜里;
我把它给了一个那么年轻的乞丐
他的眼睛像两个湖。

终于我喘不过气来,朋友们;

_18

现在我睡了,永远不醒。
再没有自己的消息是有点悲伤;
给我把吉他止住眼泪。

以激情还激情

以激情还激情。以爱还爱。

那时我在一条灰烬的街,两边是阔大的沙之楼。在那里我找到愉悦。我望着它:在它空洞的眼里有两座小小的钟;彼此朝相反方向运行。嘴角含着一朵被咬过的花。肩头披着一件褴褛的斗篷。

它所过之处有星辰陨灭,有星辰燃亮。我想要阻拦它;我的手臂不能动弹。我哭了,哭得厉害,仿佛要让它空洞的眼窝盈满。那时天光大亮。

我便明白为什么人们把无头的人称为谨慎。

在海底

在海底,有一颗珍珠和一只旧号角。轻柔的水波从它们身旁路过时微微笑着;它们被称作两个朋友。

有一个淹死的小孩子在一丛珊瑚树旁。苍白的手臂和发光的枝条紧紧交缠着;它们被称作一对情侣。

有一段来自远方的车轮残片和一只飞鸟的标本,这高贵的外来者引起了鱼儿的惊奇;它们被称作游牧者。

有一袭塞壬的尾鳍闪着剧毒的光芒,有一条少年人的腿,两者彼此远离;它们被称作敌人。

有一颗星,一根男用袜带,一本残破的书和一把微缩小提琴;还有其他惊人的神奇物件,流水温柔地拂身而过,像是在邀请跟随自己闪亮的队列。

但什么也比不上一只被斩断的石膏的手。她那么美,我想把她偷走。从那以后她占据了我的昼与夜;抚摸我,爱我。我把她称作爱情的真理。

我来是要看看

我来是要看看脸庞
它像用旧的扫帚一样可爱,
我来是要看看影子
它们远远的冲我笑着。

我来是要看看墙
倒下的和立着的没有区别,
我来是要看看东西,
它们在这里沉沉欲睡。

我来是要看看海
它在意大利小筐里睡着,
我来是要看看门,
工作,房顶,品德
它们显出过期的黄颜色。

我来是要看看死神
和她迷人的捕蝶网,
我来是为了等你
向空中稍稍伸开手臂,
我来不知道为什么;
一天我睁开眼:我来了。

所以我想顺便致意
这许多事物不仅亲切而已:
天蓝色的朋友,
变颜色的日子,
和我眼睛同样颜色的自由;

像丝那么清亮的小孩子,
像石头一样无聊的宝藏,
安全感,这虫子
它筑巢在光芒的飘带上。

再会,看不见的甜蜜情人,
抱歉没能睡在你们怀里。
我来就是为了那些吻;
把嘴唇留着等我回来。

乞灵

诗人的荣光

我的鬼魔弟兄,我的同类,
我看见你变得苍白,好像新月悬挂,
隐藏在空中的一朵云里,
在可怖的山脉间,
一道火焰在试探的小耳廓后充当花朵,
在无知的喜悦中亵渎,
就像念诵祷文的孩子,
并以残忍的嘲弄观看我在地上的疲倦。

但不是你,
我化身永恒的爱人,
不该由你来嘲笑这梦想,这无力,这坠落,
因我们是同一火焰的火花
同一次吹息将我们投向
奇异造物的黑暗波荡,那里的人们
攀越生命的艰辛岁月后无声熄灭如火柴。

你的肉体就像我的肉体
渴望在水与阳光后阴影的触碰；
我们的词语追寻
少年如绽放的花枝
在五月热风中折叠味与色的美妙；

我们的双眼渴望单一和多样的海，
其间充满风暴中灰色飞鸟的呼号，
我们的双手需要美丽诗行投向人们的轻蔑。

你了解人，我的弟兄；
看他们如何一边扶正看不见的桂冠
一边消失在阴影，连同他们臂弯中的女人，
无意识的炫耀重担，
同时保持胸前谦恭的距离，
仿佛天主教神甫对待他们悲伤之神的形体，
携带在逃避梦幻的分秒内
苟合而生的儿女，产自婚姻
浓浊暗影下，他们层层叠叠的兽穴。

看他们在自然中失丧，

如何在优雅的欧栗树或沉默的法国梧桐间残喘。
如何贪婪地抬起下巴,
感觉阴沉的恐惧咬噬他们的脚跟;
看他们如何在法定的第七日逃离工作,
收银台,柜台,诊所,事务所,办公室
任凭风带着缄默的声响经过孤独的领地。

听他们倾诉无尽的词语
染上粗暴的轻浮调子
为神圣阳光下被束缚的小孩子吁求一件外衣
或一杯温吞的饮料,可以丝绒般呵护
咽门的温度,
天然水的过分冰冷对他们都是伤害。

听他们大理石般的规条
关于实用,关于正常,关于美;
听他们为世界立法,为爱情划界,为不可言传的美制订规范,
用谵妄的扩音器娱乐感官;
看他们奇特的头脑
试图子子孙孙努力,建起复杂的砂砾巨厦
用苍白骇人的额头来否定群星闪光的平静。

就是这些人,我的兄弟,
我与这些人中间孤身死去,
这些幽灵有一天会催生
那位庄重渊博的学者,为陌生的学生对我这些言语做出权威解释,
并由此赢得声望,
外加一栋乡间别墅,坐落在毗邻都市恼人的山中;
而你,在虹彩般的雾气后,
轻拂你的卷发
心不在焉地从高处观看
这片令诗人窒息的肮脏土地。

然而你知道我的声音是你的声音,
我的爱是你的爱;
任凭,哦,在一个漫长的夜晚
任凭你火热黝黯的身体,
轻盈得像一记鞭打,
滑动在我这无名墓穴中木乃伊般倦怠的身下,
而你的吻,这无穷的泉源,
在我里面喷涌彼此间殊死的激情;
因徒劳的词语任务令我疲倦,

像孩子厌倦了将甜腻的小石子
投向湖水,看着湖面在镇定中颤抖
映出神秘巨翅的倒影。

时辰已到,早该是时候
由你的双手传给我的生命
诗人所渴求的苦涩匕首;
是时候用它,干净利落的一击,
刺入这铿锵震颤的胸腔,俨然一把诗琴,
在那里只有死亡,
只有死亡,
能奏响应许的旋律。

一

致死去的诗人（F.G.L.）

就像在石头上我们从未见过
有清纯的花朵开放，
在一个阴沉冷酷的国度
不会有生命的鲜亮盛装
美好地闪耀。
所以他们杀死你，因为你是
我们荒芜原野上的绿
我们幽暗空气中的蓝。

活着的部分微不足道，
诗人如诸神将其救赎。
仇恨与毁灭持续久远
无声中内心包藏
可怖西班牙的全部永恒苦毒，
窥探那最优秀者，
石头在手中。

有天赋者注定不幸
只因在这里
出生,人们
在卑贱中只知
辱骂,嘲讽,深深怀疑
那以暗藏的原初之火
照亮昏暗词语的人。

你曾是我们世上的盐,
你活着像一束明光,
而现在只有你的回忆
游荡走过,爱抚躯体的墙垣
带着我们的先辈
在遗忘之岸吞下的
罂粟的余味。

如果你的天使诉诸记忆,
这些人不过是影子
仍在地上的荆棘后颤动;
死亡会自称
比生命更具生机

因为有你在死亡里,
越过它辽阔帝国的拱门,
使飞鸟和绿叶遍布其间
用你无比的天分和青春。

这里春天正闪光。
看那些活力四射的少年
你活着的时候所爱的
转瞬间齐齐奔向大海的光亮。
赤裸的美丽身体牵引
欲望追随其后
精巧的形状只蕴含
苦涩的汁液,灵魂中也不存在
爱或崇高思想的火花。

一切保持不变,
就像以前,那样神奇,
仿佛不可能产生
你跌落的阴影。
但无尽的隐秘渴望在提醒
它未知的刺激只能
在我们体内以死平息,

就像水的渴望,
不甘于在浪花上为自己雕像,
而是匿名消失
在海的灵泊里。

但你以前不知道
这世上最深藏的真相:
仇恨,人类可悲的仇恨,
想要在你身上标记
它可怕锋刃的胜利,
在你最后的痛苦中
在格拉纳达的静谧光芒下,
在丝柏与月桂的远方,
在你自己人中间
他们用同一双手
昔日曾谦卑地将你歌颂。

对诗人而言死亡即胜利;
精灵的风拉扯他穿过生命,
如果一种盲目的力量
全无爱的理解
通过一桩罪行

将你,歌者,变为英雄,
那么要思考,兄弟,
如何在悲哀与轻蔑之间
一种更宽宏的力量允许你的友人
在某个角落里自由地腐烂。

愿你的影子平安,
寻找其他的山谷,
河流上有风带走灯芯草
与百合之间的声响
以及流水
雄辩的古老魔力,
在那里回声飘荡仿佛人类的荣耀,
一样遥远,
一样陌生与贫瘠。

愿你疯狂的巨大努力
找到少年神祇纯净的爱
在永恒玫瑰的葱郁间;
因那神圣的渴望,已在这地上消失,
在多少痛苦与离弃之后,
以自身的伟大向我们提醒

某个宏大的创造之灵,
将诗人化为自己荣耀的喉舌
然后藉死亡将他安慰。

拉撒路 ①

破晓时分。

石头被艰难地移开,

因为使它沉重的不是物质

而是时间,

一个平和的声音响起

呼唤我,好像一位友人在呼唤

当有人落在后面

行路疲乏,垂下影子。

那时有一阵长久的静默。

目击者们这样说。

我只记得那寒冷

奇特的寒冷

---

① 拉撒路为圣经人物,耶稣使他死里复活的事件记载于《新约·约翰福音》11章。

从深深的地下萌生,随着
半梦半醒间的不快,缓缓
将胸膛唤醒,
坚持几下轻微的搏动,
渴望温暖的鲜血返回。
在我的身体里疼痛着
一种真实的疼痛或梦中的疼痛。

这是又一次的生命。
当我睁开眼睛
是苍白的曙光道出了
真情。因为那些
期盼的面孔,呆呆地望着我,
咀嚼着一个次于神迹的模糊的梦幻
好像阴沉的羊群
追随的不是声音是石头,
我听见他们额头的汗水
沉重地滴落在草丛里。

有人在说着
关于新生的言语。
但那里没有母体的血液

也没有受孕的腹部

在痛苦中产生新的痛苦的生命。

只有宽宽的绷带,暗黄的麻布

散发着浓重的气味,敞露出

灰色松弛的肉体如同腐败的果实;

并非光润黝黑的肌肤,欲望的玫瑰,

只是一具死亡之子的身体。

绯红的天穹向远方伸展

在橄榄林与小丘的后面;

空气里一片宁静。

然而那些身体在颤栗,

仿佛风中的枝条

从夜幕后伸出手臂

把它们贫瘠的欲望献给我。

光线令我不安

一感到死亡的慵懒

便把脸庞埋入尘埃。

我曾想合上眼帘

寻求空旷的阴影,

初时的黑暗

它的源泉深藏于世界之下
为记忆洗去羞耻。
当一个痛苦的灵魂在我心深处
叫喊，在体内昏暗的巷道里
回荡，不堪忍受，颜色更变，
直撞上骨骼的墙垣
在血液中掀起火热的晕眩。

那以手擎灯
见证神迹的人，
突然熄灭了火焰，
因为白昼已与我们同在。
一道短暂的阴影降下。
于是，在前额下我看见一双深邃的眼睛
充满怜悯，我在颤抖中发现一个灵魂
在那里我的灵魂被扩展到无限，
凭着爱，世界的女主人。

我看见一双脚踏在生命的边界，
褪色起褶的长袍
边缘，滑落
直蹭在墓穴边，仿佛一只翅膀

预备上升追逐光线。
我再次感到生命的梦幻
疯狂和过错,
痛苦的身体日复一日。
但他已向我呼唤
除了跟随我别无选择。

因此,我站起身来,默然前行,
虽然一切对我而言都显得奇特而空虚,
我同时在想:他们应该这样
在我死的时候,默然将我埋葬。
家在远处;
我又看见那白墙
和菜园里的柏树。
屋顶上有一颗暗淡的星。
里面没有灯光
炉灶覆满尘土。

饭桌上所有的人都围着他。
我见到苦涩的面包,无味的水果,
不新鲜的水,无欲望的躯体;
手足情这个词听来虚假,

关于爱的形象只剩下
模糊的回忆在风中。
他知道一切在我里面
已死亡,我是一个行走
在死人中的死人。

我坐在他右边好像
一位归来的旅人被款待。
他的手在一旁
我朝着那手低下头
带着对我的身体和灵魂的厌恶。
我这般无声地祈求,就像人们
向上帝祈求,因为他的名字
比庙宇,海洋,星辰更加广阔,
在一个孤独的人的无助里
盛放重新生活的力量。

我这般恳求,含着泪水,
祈求力量在忍耐中承受我的无知,
努力,不是为了我的生命或我的灵魂,
是为了此时此刻那双眼睛里闪现的
真理。美是忍耐。

我知道那野地里的百合花 ①
在无数夜晚卑微的黑暗之后
经过地下漫长的等待，
从玉立的翠茎到洁白的花冠
有一天在凯旋的荣耀里破土而出。

---

① 《新约·马太福音》6 章 28—29 节："……你看野地里的百合花怎么长起来，它也不劳苦，也不纺线，然而我告诉你们：就是所罗门极荣华的时候，他所穿戴的还不如这花一朵呢！"

流亡印象

那是去年春天,
离现在将近一年,
在伦敦,老教堂街的公共大厅,
家具老旧。窗户朝向,
老房子后面,远处,
草叶间河流的灰色闪光。
一切是灰色又疲惫
仿佛病珍珠的残晕。

那是些老先生,老太太,
礼帽上羽毛覆满尘土;
一阵细语在那边角落里响起,
桌旁有黄色的郁金香,
家族画像和空茶壶。
阴影落下
带着猫的气味,

将厨房的嘈杂唤醒。

一个沉默的男人
离我不远。我看见
他瘦长的侧影
几次在茶杯边缘沉凝,
带着同样的疲倦
好像死人归回
从坟墓到人间的派对。

从某人的唇间,
那边的角落里
老人们围坐低语的地方,
沉重得好像掉落的一滴泪,
突然吐出一个词:西班牙,
无名的疲惫
在我头脑中旋转。
他们点起灯来。我们离开。

几乎在黑暗中走过漫长楼梯
我来到街上,
在身旁,我转过头,

又看见那个沉默的男人，
含混地说了声什么
带着外国口音，
像声调苍老的孩子。

他跟在我后面
仿佛独自背负不可见的重担，
拖着自己坟上的墓石；
但后来他停下。
"西班牙？"他说。"只剩一个名字。
西班牙已死。"
小巷里一个意外的转角。
我看着他在潮湿阴影中消失。

三王来朝[①]

I
守夜

梅尔乔:

孤独。黑夜。露台。

沉寂之月在柱群间。

美酒鲜果一旁,我的疲倦。

时间使一切疲倦,甚至幸运,

都失去味道,变得苦涩,

如今他人身上我只找到虚谎,

此处在我胸中是无聊和恐惧。

[①] 据圣经《新约·马太福音》载:"有几个博士从东方来到耶路撒冷,说:那生下来作犹太人之王的在哪里?我们在东方看见他的星,特来拜他。……在东方看见的那星,忽然在他们前头行,直行到小孩子的地方,就在上头停住了。他们看见那星,就大大地欢喜,进了房子,看见小孩子和他母亲玛利亚,就俯伏拜那小孩子,揭开宝盒,拿黄金、乳香、没药为礼物献给他。"

不知那魔幻的传说
有一日能否成真。

  那先知的
星,在阴影中诞生
纯洁明亮,划过天穹
仿佛黝黑面庞上的一滴泪,
诸神的玄妙留痕。
在那光芒指引之地
神圣真理将成肉身。

魔法是否,
——当青春及其欲望消逝——
仍有可能?如果我思索
在这里,在黑夜的凝视下,
便是不小的奇迹;如果我活着,
也很可能有位神活在我们之上。
然而一个想法永远不能安慰我们,
除非事物中喑哑的神恩。

夜晚多恬美。当微风
从远处为露台带来

晚香玉的芬芳,又仿佛回声,
传来流水沉沉的旋律,
我感到在我里面隐隐萌动
青春时代的甜美。

人们就这样向无底的时间投射
虚妄的安慰,确凿的痛苦,
欲望由此孳生。孤单一个身体,
呢喃诉说它的恐惧和希望,
从阴影出发到阴影去。

然而我渴。葡萄园的眼泪清凉,
带着鲜活的火热碰触嘴唇,
仿佛一束阳光穿透
雾气。黝黑光润
肌肤的甜美果实,好像一具身体
悬在欲望的枝头。

主啊,赐我们欲望
餍足,生命成全的平静。
就像花朵诞生又开放
平静中呼吸,天空下歌唱

沐浴阳光,尽管有死亡存在:
山顶总要沉没在山坡。

魔鬼:
高天之上荣耀归于神,
泥土之下人们归于自身的地狱。

梅尔乔:
在曙光亵渎他的深渊之前,
夜是苍白的。那颗星
比清晨的光明更纯净,
光芒闪耀好像鲜血
从伤口欢快涌出。
快,以利亚撒①,这里!

      沉睡的人们
从世代之梦中被神唤醒。
要在山上燃起篝火,
把福音的火焰速速传开

———————

① 以利亚撒(Eleazar):圣经人物,亚伦第三子,在其父死后被立为大祭司,事迹见旧约《出埃及记》、《利未记》、《民数记》、《约书亚记》。

直到治下诸国的边界。

我要向着黎明启程。不要让死亡

蒙蔽我的目光,我的神,阻挡我向你仰望。

II
三王

巴尔塔萨:

我们好像游荡的牧人,不顾寒冬的利剑肆虐,

追随一颗无定的星,黑夜里穿越荒漠,

白天在某座废城的墙垣边宿营,

耳边是胡狼嚎叫:背井离乡,

王座空悬,留给那些野心家和骗子

他们仍在利用人类犯法作乱的古老冲动。

我们寻找真理,但其实空洞的真理是无用的东西,

梦想家的奢侈品,理智的小小真理就已足够。

糟糕的是心里膨胀还喊出声来,呼求真理,呼求正义。

这世界不需要先知,只要顺从的诡辩家

接受世界的现实:战争,奴役,监狱和刽子手

都是天然的存在,而真理是梦幻,还不如梦幻,轻烟而已。

加斯帕：

我爱花园，当秋天的花朵恬静绽放，

林间呢喃，树巅被光线染作金色的安宁，

路上涓涓细流在大理石上起舞

从远处传来，秾馥的风中，一只鸟儿的啼啭。

当夜色降临，从河边吹来凉风

拂过赤露的肌肤，家在呼唤，

化作声音温和，敞开的墙壁好像黝黯的贝壳，

含着火焰珍珠，梦与欲望在其中汇聚纯净的光。

处子的身体在床榻旁，赤裸颤抖，

等候爱人的双臂，欢愉在破晓时侵入带去伤痛。

这就是生活。与它相比，真理或权力算什么？

我活着。就让我迷醉中将时光消磨。

梅尔乔：

上帝之外别无权柄，在上帝那里愉悦才能永恒；

汹涌大海是他的臂膀，欢快光芒是他的笑容。

就让野心家用他林立的高塔遮蔽大地；

终究变成飓风的养料，化作尘土与阴影。

就让享乐者亲吻撕咬，从痉挛到痉挛；

在深处品味白骨被阉割的贞洁冷漠。

你们为何哀痛，国王们哪，就为这抛下的权力和享乐？

我已年迈却并未活在过去，我等候；

等候更甜美的时刻，灵魂得赐

天恩，肉体终于欢畅，美丽又纯真。

丢下你们的黄金和香料，黄金沉重而香气消散。

向真理赤露发光之所进发，无需其他牵挂。

巴尔塔萨：

雄辩的赞歌，先知的辞令，都属于力量随生命衰微的种族。

但我的国家还年轻，强大，与你的以色列人不同。

加斯帕：

我渴求亲吻与玫瑰，漠然面对一切神祇，

因亲吻与玫瑰都不长久。转瞬即逝的享受更为甜美。

梅尔乔：

迷恋影子的疯子。难道忘了，你们的国度

都向我臣服，我仍可以将你们捆缚

走在赤脚的奴隶之间来追随我的星?

与恐惧这大恶,这大地之力相比,高傲和淫欲又算得了什么?

巴尔塔萨:

有了你说的真理,若我们能找到,或许能建起强大的帝国。

加斯帕:

或许那真理,就像春天,将催生火红的欲望。

III
神圣期望之幻灭

我们穿过的那道路

废弃在沙地间,

一棵枯干的无花果树,一口井,以及

一座废弃的茅屋为寒冷中的藏身处。

远处,在乱石中攀爬,

是牧羊人赶着他瘦弱的黑山羊群。

当长夜过去晨光来到,

霜华在我们的外袍上闪耀虹光,

事物因缺乏信心而四散奔逃
好像在被打断的幻梦中。

我们忍受饥饿,精疲力尽。
在茅屋旁我们发现一架葡萄藤
上面还残存着一串果实,
已风干,连飞鸟
也不屑一顾。而我们吃下去:
口中全是灰尘和苦酒的味道。
这算很好的休憩,只是
静寂中更凸显景物的漠然,
我们怀念启程,来时的狂热。

我们看见那星在高处
静止不动,水一样苍白
在破晓时刻,给出答案
用迟到的神迹之光
映在茅屋上。无遮挡的墙壁
和断梁向野外敞开,
无依无靠。我们冷却的热情
就像这荒野的风。
我们停下。所有人下了坐骑。

走进茅屋,只看见避难中的
一个女人和一位老者。

但茅屋里还有人:
一个孩子被抱在女人怀中。
我们期待一位神,荣耀
威严的存在,他的目光是神恩,
他的遁形如黑夜
如失去所爱的嫉妒者之夜。
而我们找到的是和自己一样的人,
可怜地哭号,眼神里满是
痛苦,背负自身灵魂的重担
屈从所有灵魂的宿命,
注定被死亡收割。

我们将礼物,精致的香料和精纯的金属,
留在尘埃中,仿佛丰厚的贡品
能造就一位神。然而我们之中
无人仍留存信念,
追寻的真理已意义全无,
世界贫弱,病态,阴暗。
我们怀念各自奢华的宫廷,斗角和战争,

或温暖的厅堂,浴室,少年人
独有的丝滑肉体,
或夜间花园的休憩时光,
我们想做不再朝拜任何神祇的人。

IV
关于过去的岁月

看午后昏黄的光
如何展开悠长的怀抱
在山坡土地上,秋日橄榄树的灰色
被染成金黄,缀满成熟的果;

看那海滨沼泽雾气闪耀。
这里,年复一年,我们的生命流逝,
白天牧放羊群在平原,
身旁激荡的流水经过茵茵河道;

夜间托庇于羊圈和茅屋。
从未有人走近这片孤寂,
我们见到外来人至多一次
在附近的集市,一周开始时。

这平静十分甜美。云雀无声中
享受翅膀掠过明净空气的喜悦。
但平静,令事物在闲散中神圣,
也促使人收获回忆。

多年以前,我还年轻,一天早上
远远望见一列奇特的队伍穿过原野:
骑骆驼的旅人,身披蒙尘的
外袍,金色光芒闪耀。
他们从山地而来,穿过荒漠,
来自毗邻海与雪的王国,
因此风尘仆仆又精疲力尽
眼中伏着一个悲伤的疑问。

他们是为淫佚和权力迷狂的三王,
在夜间追寻一颗星星的轨迹,
那是另一更丰饶国度的使者。
但他们却看见那星停在这原野,

牧羊人的落脚处,破旧茅屋上面。
那地方正充当行路中的甜美避难所

为没有家也没有钱的一个女人和一个男人:
一个苍白瘦弱的孩子为他们带来黎明。

牲畜的叫声在原野回响
混杂着陌生的语言,
走进茅屋的三王发现
人的悲苦,他们之前从未得见。

随后,好像逃跑,他们踏上归途。
行路的夫妇也赶往其他地方
怀抱他们的婴孩。我再没有他们的消息。
日升月落。我曾年轻。如今老了。

市集上人们说起那三位国王:
一位死于归途,远离故土;
另一位,失去王座,沦为奴隶,或乞丐;
还有一位独自生活,被悲伤所囚。

他们寻找一位新的神,据说他们找到了。
我很少见到人;从未见过神。
为何非要见到神,如我一个无知的牧人?
看那流血的太阳在远方西沉。

V
墓志铭

享乐,权力,思想
安息于此。狂热已逝。
他们寻找真理,但找到时
　　　却不相信。

如今死亡安顿欲望,
最终得以餍足。你无需怜悯
这归宿更幸福,胜过诸神
　　　在上永生者。

仿佛等待黎明的人

安达卢西亚人

光做的阴影,
在颤抖中斥拒,
是混着雪的火
安达卢西亚人。

透亮的谜团,
在人群中孤单,
是夹着恨的爱
安达卢西亚人。

哦我的兄弟,你。
上帝,那创造你的,
才能理解
安达卢西亚人。

致未来的诗人

我不认识人。很多年里
我寻找他们又不得不躲避。
我不理解他们？或者我理解得
太多？这些粗暴肉体和骨头的
公开现形，一旦被狂热者聚拢，
遇上点点微弱的弹力
就骤然破碎，相比之下
死在传说中会让我更容易
理解。我从他们那里回归生者，
坚强的孤独朋友，
仿佛从隐匿的泉源出发
来到涌出却无脉搏的河。

我不理解河流。带着漂泊的匆忙
从源头到海洋，忙碌着悠闲，
它们不可或缺，为制造或为农作；

源头，是承诺，海洋只将它实现，
无定型的海洋，模糊而永恒。
像在遥远的源头，在未来
沉睡着生命可能的形式
在无梦之梦里，无用且无意识，
即时反映诸神的意念。
有一日终将存在的存在中
你梦着你的梦，我不可能的朋友。

我不理解人。然而有什么在我里面回答，
说我会理解你，就像我理解
动物，叶子和石头，
永远沉默的忠诚伙伴。
今生一切都是时间的问题，
一种时间因其漫长阔大
无法与另一种贫乏的节奏
我们短促虚弱的凡人时间相合。
假若人的时间与诸神的时间
同一，我里面起始节奏的这音调，
将与你的音调相会合鸣，
留下回响在喑哑的听众中。

然而我不在乎无人了解
在这些近乎同代的身体之间，
他们活着的方式不像我
这来自疯狂土地的身体
挣扎着成为翅膀抵达空间之墙
是那墙壁将我的岁月与你的未来相隔。
我只想我的手臂迎上另一只友好的手臂，
另一双眼睛分享我眼中所见。
尽管你不会知道今天的我以怎样的爱
在未来时间的白色深渊
寻找你灵魂的影子，从她学会
按新的尺度安顿我的激情。

如今，人们已将我纳入编目
按他们的标准和他们的期限，
有人嫌我冷漠也有人嫌我古怪，
在我凡人的颤抖里发现
已死的回忆。他们永不能理解我的舌头
若有一天歌唱世界，都是为爱激励。
我无法告诉你我曾怎样斗争
只为我的言语不至于
同我一起死亡沉寂，像回声

奔向你,就像模糊的乐声
从静谧的空气里追忆过往的风暴。

你不会知道我如何驯服自己的恐惧
为了让我的声音成为我的勇气,
将徒劳的不幸付诸遗忘
它们环绕滋生并以愚蠢的享乐
践踏我们的生命,
那是你将成为和我几乎已成就的生命。
因为我在这人类的疏离中预感
将来之人将如何属于我,
有一天这孤独将如何充满,
尽管我已不在,众多如你形象的纯粹同伴。
我放弃生命只为重逢
按我的欲望,在你的记忆。

当天色已晚,还在灯下
阅读,然后我停住
倾听那雨声,沉重得像酒鬼
在街边冰冷黑影中小便,
微弱的声音在我里面低语:
那些被我身体囚禁的自由元素

当初被召唤到地上来
只为了这个？再没有其他？如果有
要去哪里寻找？这世界以外我不认识别的世界，
在没有你的地方会时常悲伤。要用怀念爱我，
就像爱一个影子，就像我爱过
诗人的真理在逝去的名字里。

在将来的日子，人们脱离
我们从黑暗恐惧归回的
原始世界，而命运牵引
你的手朝向这诗集，那里安息着
我被遗忘的诗行，你翻开；
我知道你将听到我的声音来临，
不在衰败的文字中，而在你
内心深处鲜活，其中无名的悸动
将由你掌握。听我说并理解我。
在它的灵泊我的灵魂或许想起什么，
那时在你里面我的梦想欲望
终将找到意义，而我终将活过。

_ 活而未活

风与灵魂

风如此冲动
从大海来,它悦耳的
元素之声感染
夜的沉默。

你独自在床上听它
在玻璃上执着
敲击,哭泣和呼唤
好像无助的迷失者。

然而不是它让你
无法入睡,是另一种力量
如今被困在你身体的牢狱,
还记得自己,曾经是自由的风。

倒计时

乐器

如果唤醒音符,
需要猎鹰的翎毛
由阿拉伯乐师
将诗琴之弦拨动,

那么唤醒词语,
需要怎样飞鸟的翎毛
在怎样的手中拨动
才能让你如此受伤?

第五十一个平安夜 ①

爱,幽暗的神,
来到我们中间
又一次,尝试
他永恒的盼望。

他已诞生。寒冷,
阴影,死亡,
一切人类的
无助是他的命运。

人类的无助
爱也无法
帮助。他能么,
如此弱小

---

① 写于 1953 年 12 月 24—26 日,是年诗人五十一岁。

面对我们的欺骗
恢复力量,
只凭靠无辜
牲畜的气息?

去守护吧,牧羊人;
去敬拜吧,国王们,
他被这世界凌辱的
爱之梦。

献给一个身体的诗

VI
说出以后

你不懂得为你的爱
保守秘密。别人
谁会在意？既然你以前
沉默着快乐，现在也该沉默着

忍受，什么也别说。
爱的本质
一说出全变质：
只在沉默中生长，

从沉默里得力
凭沉默开放
好像一朵花。不要说；
在你里面忍受，但要沉默。

如果爱死去，和它一起死；
如果爱活着，和它一起活。
在死与活之间，沉默，
因为它不接受旁观者。

IX

你从何而来

有时听你说到
父亲，母亲，兄弟，
我的想象无法压倒诧异
你的存在竟源自他人，
在他人中重复，
而我感觉你
只因我的爱被造；就像树木，
云或水流
在这里，却属于
我们，也从我们而来
因为被我们看见之前
再没有被他人这样看见。

一次相识才使你诞生。

X
和你在一起

我的故乡？

我的故乡就是你。

我的人民？

我的人民就是你。

流放和死亡

对我来说就是

你不在的地方。

我的生命？

你来告诉我，我的生命，

是什么，如果不是你的话？

XVI
一个人和他的爱

如果一切已说明

你与我之间的账目
已经清付,我仍然
欠着你的身体一份债务。

谁能为这份和约
定价,在你里面
被遗忘,最后却借你的双唇
被我的双唇算出?

与生活休战的时候,
无所知,无所爱,
无所盼:你的存在
和我的爱。这已足够。

你和我的爱,当我望着
你的身体睡去
天将破晓。一位神祇也是这样
望着他的创造。

但除非你的身体允许
我的爱终究徒劳:
它只能呈现一个神话
用你美丽的材料。

_ 喀迈拉的哀伤

莫扎特

[1756—1956]

I

如果一次有人问你:
"音乐,是什么?""莫扎特",你会这样回答,
"莫扎特即音乐。"是的,他完满体现
触不到看不见的和谐,
但我们能听到他轻微的足音
流动,月光与曙光的清凉,
汇成瀑布飞溅,河流汹涌。

从希腊神话般的土地
勃发生机的气息吹拂北境
也在北境找到回响,在诗人,
哲人和音乐家的声音里:观看之道,
了解之道,倾听之道。莫扎特

是欧罗巴的荣耀,世间荣耀的至高
体现,因欧罗巴即世界。

当他活着,曾点缀宫廷,
殿堂,王侯与教士在那里
徒然褫夺权势与财富,
莫扎特只供消遣,历来如此,
历来天才的遭遇注定,尽管
这是天才中的天才。他一死,所有人都恍然:
人们对死去的天才多么崇拜。

II

他是那个时代,我们的时代,以及所有时代的天才。
主题明澈,展开精准,
如并生的双翼,栖停在
乐师们幽暗的境地,
竖琴,小提琴,长笛,钢琴,随后
向另一处更荣耀鲜明的天穹
音乐中猝然展翼。

他的作品全是理性,但同时
也全是想象,在自身中联合优美与辉煌,
反讽与激情,深邃与轻盈。
他融化的建筑,为流动的形式
赋予不可解的光彩,也勾勒出
着魔的花园,神奇的宫苑,
在群星清冷波光下流漾。

他的歌,全部青春在他里面歌唱:
时而爱抚的手,时而残害的爪,
自我嘲讽中的温柔呢喃,
那是(仿佛面对死亡的皱眉
爱情的游戏,甜美的金发怪兽)
对激情的嘲弄,因它永无回应,
明白自己的力量及其永恒挫败。

III

在任一幽暗的城市,烟雾装殓
与庸常交织的生存之梦
工作不提供自由和希望,
但只要还有音乐厅,人就可以

让被轻贱的头脑在无比的和谐中
恢复高贵,那无玷的艺术
名叫莫扎特的音乐的声音。

如果世界从上帝手中脱离变形,
秩序败坏,不义横行;
如果生活卑下而人类堕落,
至少还有这音乐给世界以形式,秩序,公义,
高贵和美。那么谁是他的
拯救者?他的救赎者又是谁?
在他没有罪孽,没有殉难,没有鲜血。

没有比这更神圣的声音,同时
也最人性,我们永远能听见,
并让这声音唤起逝去的梦,
梦见我们在生活中杀死的昔日之我。
是的,人会消失,但他的声音长在,
晚上的夜莺或清晨的云雀,
在诸神天堂的废墟间回鸣。

陀思妥耶夫斯基与肉体之美 ①

某一次老歌德想要
探讨肉体之美,
但最后还是放弃。或许出于恐惧?

某个不那么唯物主义的人(真是悖论),
呈现道德之美的时候,
却为我们留下肉体之美的

辩证形象:法拉莱,少年仆人
无辜又无礼的美,
一跳舞或嚼糖块就兴奋。

他那样活出自己的美,爱享乐的
小动物,跳舞到脱力

---

① 法拉莱(Falalei)是陀思妥耶夫斯基小说《庄园风波》中的人物。

牙齿那样雪白,眼睛放光。

陀思妥耶夫斯基已经无法告诉我们
他创造了法拉莱还是在生活中遇到,
他创造了美还是他能够看到。

或此或彼都是一样的功劳。

音乐小品

好像一只火鸟
月亮在刺柏
枝条间。

黑色是树身
灰色夜风,
金色月亮。

看来上帝在表示
他听说过
日本插画。

被俘的音乐

双声部

"你的眼睛是恋爱中人的眼睛;
你的嘴唇却属于不相信
爱情的人。""那么请告诉我如何补救,朋友,
当现实与欲望难以统一的时候。"

玛黎布 ①

玛黎布,
雨中的浪。
音乐的风。

玛黎布,
被囚的水。
洋海的穴。

玛黎布,
仙女的名。
着魔的力。

玛黎布,
叫号的风。

---

① 玛黎布(Málibu),美国加州海滨城市,塞尔努达曾在那里任教。

女巫的林。

玛黎布,
一个词,
词里面,有魔法。

西班牙双联画

献给卡洛斯·奥特洛

I
可惜是我的故乡

那边有人说
我的诗源于
远离和怀念
曾是我故乡的地方,
难道他们只听见我最偏远的声音?
诗人口中的声音不止一样:
我们应倾听那和声共鸣,
所谓的主调
不过是多声部中的一种。

人类精神在世代中
为自己

所赢得的,
是我们的财富也是留给
未来之人的遗产。
一旦任人否定
和劫持,人类便沉沦,
沉沦多少?在这严酷的阶梯上
曾经从动物到人的高度。

你的故乡就是如此,死人之乡,
如今在那里一切诞生便是死人,
死中活,死中死;
漫长的梦魇:沉重的游行
修复过的遗体和圣物,
由道袍与制服护送
在一片沉寂中:万人喑哑
因本土惯常的混乱而痛苦,
恐惧只能压制,而未能驯服。

生活总会报复
那些否定她的人:
我家乡的历史
由生命的残暴之敌上演。
伤害不在昨天,不在此时,

而在永远。因此今天
西班牙的存在,登峰造极,
愚蠢又残忍一如它那里斗牛的节日。

一个无理性的民族,自古就被灌输
认定理性太过傲慢
在理性前肆意呼喊:
"知识去死",这民族已预先注定
以崇拜锁链告终
而这淫秽的崇拜必将它带向
我们今天所见之处:锁链加身,
无欢乐,无自由也无思想。

我是西班牙人,就像
那些没有其他选择
的人:在我出生时,
命运给我压上的所有
重担里,这最沉重的一副。
我没换过故乡,
因为不可能,一个人已被他的母语
与诗歌的需要相连,直到死亡那天。

诗歌在我们里面

说着以前人们的语言,
远在我们出生以前,
我们在那些人里为存在找到根源;
这里不仅仅是诗人在说话,
是他先辈沉默的口
被他赋予声音而自由。

这些能否改变?没有诗人
能选择自己的传统,故乡,
或语言;他为这些效劳,
尽可能地忠诚。
但至高的忠诚
是对他良知的忠诚:我为它效劳
是因为,我为良知效力时
就是在效力于诗歌。

做西班牙人我并不情愿
在远离故乡的地方应付生活
不难过也不怀旧。我已经艰难学会
做人的职业,
也为此摆上我的信念。我不愿
回到那片土地,它的信念,如果它还有信念,已与我无关。
 那里的风俗与我极少牵连,
 相关的冷漠记忆我已经淡忘
 间隔与时光已让我与它疏远。

 我不是对那些人说话,他们因为命运的玩笑
 成为我的同胞,我对自己说
 (对自己说话的人期待着有一天对上帝说话)
 或者对那少数人,他们倾听我的时候
 能够真正理解。
 那些人像我一样尊重
 人类的自由意志
 安排今日属于我们的生活,
 表达被我们生命所滋养的思想。

 除此之外我们还继承过什么遗产?
 除此之外我们还有什么遗产可流传?

II

不妨是你的故乡

 从几时开始,你成为他的朋友?

初读他的书是十岁还是十一岁?
那时的你还是个孩子
一天在父亲的书架上
发现了那些书。你翻开一本
就被书里的插图吸引;
你开始一页页阅读
对画中的历史充满好奇。

你跨入神奇世界的门槛,
另一种现实在这现实后面:
加夫列尔,伊内斯,阿玛兰塔,
索蕾达,萨尔瓦多,赫娜拉①,
那么多人物都被他慷慨强力的天才
赋予永远的生命。
他们组成另一个西班牙,
进入你的生命
从此再没有与你分开。

比你身边经过的
苍白造物更有生机,

---

① 皆为西班牙作家加尔多斯(Benito Pérez Galdós,1843~1920)小说中的人物。

你最初的爱被他们唤醒；
在一个英雄世界里被爱的英雄，
你的生命之网与他们交织，
尤其是你的那些兄弟姐妹，
福莱小姐，桑托尔卡斯，提琳，格雷先生，
他们永不满足，你观看他们
存在中追寻不可能的真实之梦。

孩子的命运被他们挑动
甚至渴望和他们一样，
和他们一样生活
并且，就像萨尔瓦多，
被同样的理性，同样的疯狂所激励，
心中依然汹涌，忠实于他的初衷，
无论在故乡或他乡，
经历多少哀伤的幻梦
信念从未向失望退让。

在《轶事》的世界后，
你又进入《小说》的世界 [1]：

---

[1] 指加尔多斯的系列作品《民族轶事》(*Episodios Nacionales*)和《当代小说》(*Novelas Contemporáneas*)。

罗萨莉亚,爱萝伊萨,福尔图纳塔,
莫莉西亚,费德里科·比耶拉,
马丁·穆烈尔,莫雷诺·伊斯拉,
他们会向你启示
日常生存的隐秘戏剧:
恬静的真实存在,以及其后,
人性的磨难,活着的悖论。

那些心爱的书,重读过
多少次,从孩子,青年到成人,
每一次你都更深入它的秘密
发现他们在更新
就像你的生命不断更新;
用新的目光阅读
就像你不断观看世界的目光。
极少的书能这样
给我们新的滋养
在我们生命中每个新的阶段。

在你的故乡和故乡之外
这些书总能守信地带来
西班牙的魅力,在它们里面不曾失落,

尽管在故乡已无处找寻。
书里读到的一个地名，一条街
（希里蒙门廊或"进来出不去"①）
常在你里面唤起怀念
那不可能的故乡，不属于这世界。

城市，街区或小镇的名字，
整个阳光下的西班牙空间
（大地门，圣十字广场，阿拉比雷斯山地②，
加的斯，托雷多，阿兰惠斯，赫罗纳），
你认识或不认识的地方，
经他说出，总是带来，
双重景象：想象的和观看的，
都是美的，都是可亲的。

今天，当你不再需要你的故乡，
她在这些书中依然被爱被需要，

---

① Sal si puedes：系加尔多斯故乡拉斯帕尔马斯市一条名字别致的街道，据说是因街道一端狭仄而得名，作家在小说中亦曾提及。
② los Arapiles：即著名的阿拉比雷斯之战发生地，位于西班牙萨拉曼卡以南。1812年7月22日威灵顿公爵在此率英、西、葡联军大败法军。加尔多斯著有同名小说《阿拉比雷斯之战（La batalla de los Arapiles）》，为《民族轶事》系列中的一本。

更真实也更频繁在半梦半醒间出现：
不是那个，这一个才是你今日的故乡，
加尔多斯使你认识的故乡，
就像他能够宽容对立的忠诚，
遵循塞万提斯慷慨的传统，
英勇地生存，英勇地战斗
为了属于自己的未来。
不是险恶的过去，向另一个西班牙倒退。

你真正的故乡不是那个淫秽压抑的西班牙
它今天已被恶徒统治，
而是生机勃勃永远高贵的这一个
由加尔多斯在他的书中创造。
我们从那一个所遭受的由这一个安慰医治。

路德维希二世聆听《罗恩格林》[①]

仅两枚乐音便击破暗影:
闪射某种金黄及尖锐的榴红。
深处魔法洞窟放光
有若干造物经过,是何种类? 步伐
合乎韵律,翕响间滴下音乐
自隐秘的泉源,缓缓流转
抑或,随后激涌,搅动洪流
震颤洞穴昏昧的气息
虹彩波光在音符中耀动。

阴影之厅空无一人。

[①] Luis de Baviera 即路德维希二世(Ludwig II,1845—1886),巴伐利亚国王、著名的艺术家君主,瓦格纳的崇拜者和赞助人,新天鹅堡的缔造者。饶有意味的是,此处诗人有意将"路德维希(Ludwig)"按西班牙语拼法写成与自己名字相同的"路易斯(Luis)"。《罗恩格林》(*Lohengrin*)为瓦格纳取材于天鹅骑士神话而创作的三幕歌剧,诗中提到的艾尔莎是女主人公的名字。

皇家包厢里独自一个精灵
欢宴为他而设,谜题由他而来:
黑发者眼神沉郁,观看
发光的洞穴,保持畏寒似的惊诧
如雕刻。貂皮是他托庇所
敞开处是某种白色,丝绸为结。
半阖的双眼倾听,啜饮那韵律
仿佛干涸的土地吮吸水的恩赐。

他参与双重欢宴:一场外在,他亲身
见证;另一场内在于他头脑中,
在那里二者融合(就像色彩与形式
在一个身体中融合),组成同一个美妙。
由此,理性与谜团,权力使他可以独自聆听
不同声音按他心意协和,
如歌的萌发催他入眠又滋生
梦境,场景同时展开,
圣礼的火炭,心爱的神话。

世界不复存在,而人间事务
也不能打断他梦境为王的沉醉。
然而,明天,内侍,谋士,大臣,

又会带着愚蠢的请求觐见：
终究要施行统治，垂听和采纳他们的谏言。
统治？谁能在梦的国度里统治？
什么时候轮到奴才统治？
摆一扇屏风不无裨益，隔开国王与群臣。
一个精灵自由奔跑在林间，以风为饮。

那才是生活，他试图忠实地活出来：
不要阻拦他活出来。不在城市，巢
已坐落在他王国中最高山脉
雪峰之巅。马车，雪橇，
已上路；雪中船队，已泊在河与湖，
永远在等待，准备载他
直上他真正的王国，不属这世界：
那里梦在等待他，那里孤独在守候。
那里孤独与梦为他戴上独一的王冠。

但偶尔人的存在也有其魅力，
国王自己曾亲身体会
并遭受不能言说的痛苦：一道唇际的线，
一双沉郁的眼，一身晒黑的肌肤，
年轻胴体的美。他有所体会，

是的,他曾经体会,多少次折磨,
那年轻造物统辖的国,
淫威之下,他无力抵抗,
不再是国王,只是人之美的奴仆。

在音乐上漂浮的梦此刻化身赋形:
少年全然雪白,金发,俊美,那向他
走来的也是他自己。魔法抑或幻景?
怎可能为音乐赋予样式,某一凡人的样式?
两者中哪个是他,或不是,或许,都是?
国王不能,即使能够也不愿与另一个分开。
向音乐倾身,仿佛陌生人
以双生的激情观看自己的重影
惘然在爱的迷醉与乐声中。

他是另一个,从未想到有一天能看见
这陌生弟兄的存在。此时此地就在他里面
爱着那旁人装作在他身上所爱的。
用他的歌呼唤引诱。然而,人可否
与自己合一?他害怕,呼吸间,梦会消散。
随即陷入恐惧:看见另一个自己的人会不会
死去?

爱的力量，已在他心中苏醒，举起盾牌
抵抗一切恐惧，软弱，多疑。
就像艾尔莎，爱着，但不知爱谁。只知道爱着。

在另一个的歌声，词语和嘴唇运动中
歌声，词语和运动也对他说话
同时从他的唇间萌发，
向那在他的梦中诞生，被他的梦滋养的弟兄致意。
不，不是这样：是音乐滋养他的梦，赋予其样式。
他的血在血脉中疾行，朝着时间加速：
往昔，短暂的往昔，在当下重生，
以诸神之光他的当下照亮未来。
一切，一切必将照他梦中预兆实现。

在另一生命中他为自己找到确据。
只有爱能给国王活着的理由，
忘却自己的无助，满足含混的欲望
而摆脱长久以来的折磨。
他倾身在如歌的水流观看
自我，形象失落，期待着补救
内心感到的深深迷乱。
那所爱者，在身外存在，对他还不够？

观看那美好,不已是足够的答案?

诸神已倾听,已满足他的欲望
(诸神惩罚凡人便满足
他们所求),而国王的命运,
对自身的渴望,令他变形,
变成仿佛花朵,美好,无助,无效之物,
生命最终沦为被奴才统治,
但也给他们留下,临死时,一位国王的报复。
他梦境的阴影是他生命的真相。
他从未属于任何人,也从未有人属于他。

此刻国王在此地,在他的包厢,独自聆听,
年轻而俊美,仿佛神明
以少年纯全神圣之美为光晕,
存在于一生不可能的梦里
这梦只在音乐中又仿佛音乐,
观看神话时融合,自己变成神话
关于叛离尘世的纯净,
流亡以太的客旅。旋律助他认识自己,
爱上他自己所是。并永远活在音乐中。

喀迈拉的哀伤 ①

白昼所有的炎热，蕴积

成令人窒息的水汽，从沙地蒸腾。

夜空极明净的蓝色上

凸显，仿佛不可能的滴水，

群星冰寒的光华，

新月在星光倨傲的簇拥中

高悬，轻蔑地照亮

坟场间野兽的残骸。

远处胡狼在叫嗥。

没有水泉，树林，灌木或草地。

月亮在盈满的光华里望着

可怜的喀迈拉，荒漠中

---

① Quimera，英文作 chimera，希腊神话中的喷火女妖，前部像狮子，中部像山羊，尾巴像龙，据传出没于利底亚境内靠近法里斯的喀迈拉火山上，后被柏勒洛丰（Belerofonte）杀死。

风化的石头。翅膀折断,一如残肢;
胸膛与利爪被时光摧残;
鼻子只剩下空洞而长发
曾卷曲浪涌的长发,如今
成了淫秽飞鸟的居所
悲伤,死亡是它们的食粮。

当月光落在
喀迈拉身上,呜咽里打起精神,
这哀叹,并非来自废墟,
而源于在她里面扎根,郁结的不死岁月
她为无法死亡而哭泣,无法像人类
繁育的形体一样死去。死亡固然痛苦,
但当一切死亡时,无法死亡
或许更加痛苦。喀迈拉朝着月亮低语
甜美的声音甚至将哀伤慰藉。

"没有牺牲品也没有爱人。人们都去了哪里?
他们已不再相信我,和那些我为他们所设
无解的谜题,就像斯芬克司,我的对手和我的姐妹,
已不能将他们诱惑。纵然众神死亡,
神圣者犹在,变幻无常。

因此这渴望在我里面，不曾消灭
尽管我形体消失，不如一个影子；
渴望看到人们恐惧臣服，
面对我，面对我诱人而无解的秘密。

如同被鞭子驯服的动物，
人类。但又多么美；他的力量和他的美，
诸神啊，何等迷人。在人类有欢愉；
当人美丽的时候，在他身上有何等欢愉。
漫长的岁月流逝，自从人类
离我而去，遗忘我傲慢的秘密。
纵然有寥寥几人向我求助，
那些诗人，我在他们那里找不到任何魅力，
我的秘密几乎无法将他们吸引，在他们身上也看不见美的踪迹。

或枯瘦或虚弱，头发告匮，眼镜无缺，
牙齿落尽。这便是我迟来的仆人
形貌的一面；而他们的性格，
也相去不远。即使如此，今日里也少有人来寻求我的秘密，
在女人身上他们找到了自己的哀伤的喀迈拉。

这遗忘未尝不好,因他们已不必寻求我,
在为孩子换尿布
或擦鼻子之余,还在惦念着
某个评论家的指责或褒扬。

他们如何还能以诗人自居
既然他们已经没有力量,和疯狂
来相信我和我的秘密?
学院里的交椅对他们更为合适
甚于荒地,废墟与死亡,
一旦掌握了他们的灵魂,
我会给予我的牺牲品以上慷慨的补偿,
而人类和诗人更偏爱
布尔乔亚保证的残忍幻境。

于我而言时代已变
昔日里快活、轻率,踏入迷宫
在那里与多人错过也有多人被赋予
我永恒的疯狂:愉快的想象,未来的梦幻,
爱的盼望,灿烂的旅行。
但碰上谨慎的人,我会用强劲的爪子
扼杀,因为疯狂的颗粒

正是生命之盐。经历了我所经历,
对人类我再无预言可提。"

月亮的倒影滑过
荒野无声的沙地,
留下喀迈拉在阴影中,
迷人的音乐在她甜美的声音里止息。
如同大海退潮时的浪涛,
抛下失去魔法的滩涂,
声音的魅力湮息,旷野
愈加荒凉,失明的沙丘
黯淡下去,古老的幻景消失。

在阴影中缄默,喀迈拉仿佛隐入
太初混沌的远古之夜;
但无论诸神,凡人,或其作品,
一经存在便不会废止:将要存留
到苦涩的终结,消散于尘埃。
静止,悲哀,无鼻的喀迈拉嗅着
初生曙光的清凉,新一天的曙光
不会慈悲地为她带来死亡
她痛苦的存在仍将继续。

朝圣者

回头?那人可以回头,
在漫长的岁月,漫长的旅程之后,
厌倦了赶路,渴望着
他的土地,他的家乡,他的友人,
渴望有爱在回家时忠诚地等待。

而你?回头?你没想回头
只想着自由地继续向前。
随时上路,年少或衰老,
没有儿子寻找你,像寻找尤利西斯,
没有伊塔刻岛等待你,没有珀涅罗珀。

继续,继续向前走,不要回头,
持守忠诚直到路途和你生命的尽头,
不要怀念一种更轻松的命运,
你双脚踏上从未驻足的土地,
你双眼面对从未见过的风景。

生有时，寐有时

天黑了。你走到窗前。
花园在下面一片暗淡。
你看见长庚星
闪烁在孤清的光辉里。

你在无声中驻足。
在你里面有什么在哀怨：
那被冷落的美
将你诱惑并在外面召唤。

活着的奇妙，人们
只在很少的时候感觉到
还需要分享这些时刻
才懂得那阴影，那幻梦。

对玛诺娜说[①]

玛诺娜娜,玛诺娜,

现在你会明白

风是怎样,一下子

把朋友们分开。

就这样

你在那里,

我在这里。

有时候如果我们表现好

上帝会送一份

温柔做礼物,

只是不能长久。

到最后

[①] 玛诺娜(Manona)即 Paloma Ulacia Altolaguirre,是塞尔努达的好友、诗人 Manuel Altolaguirre 和 Concha Méndez 夫妇的外孙女,在他们墨城的家里塞尔努达度过了人生最后的岁月。

我们只有这样生活
你在那里,我在这里。

你觉得,这样对么,
玛诺娜,玛诺娜娜,
温柔竟不能停留
一生之久?
就这样
你在那里,
我在这里?

让我们等待,玛诺娜;
玛诺娜娜,要耐心:
或许我们的情感
上帝要这样考验。
就这样
你在那里,
我在这里。

然后有一天,
一觉醒来,我们会发现
曾经遥远的人儿

笑脸对笑脸。
到最后,我们不会这样:
你在那里,我在这里。

1936 年

你要记得也要让别人记得,
每当为人类的卑劣而恶心,
每当为人类的残暴而愤怒:
单单这个人,这行动,这信念。
你要记得也要让别人记得。

1961 年在陌生的城市,
四分之一个世纪
过去。无足轻重的场合,
你被迫当众讲话,
因此有机会和那个人交谈:
一位老兵
来自林肯纵队。

二十五年前,这个人,
不了解你的国家,对他来说

再遥远奇异不过,却选择到那里
并在那里,如果时机来到,决心
献上自己的生命,
相信那里冒险的事业
在那时,值得
为之斗争,这信念充满他的生命。

那时的事业似乎已失败,
这算不得什么;
有太多人,在其中火热一时
实际只为了自己的利益,
那更不值一提。
重要的是一个人的信念,这已足够。

因此今天你又找回
当初的感受:
那事业高贵并值得为之奋斗。
他的信念,那个信念,依然存留
经过这些岁月,这些失败,
当一切仿佛已背叛。
然而那信念,你告诉自己,是唯一重要的东西。

谢谢，朋友，谢谢
这榜样。谢谢你告诉我
人是高贵的。
就算高贵的人实在不多：
一个，一个人就足够
无可辩驳地见证
整个人类的高贵。

奥克诺斯①

---

① 希腊语作 Oknos，是古希腊神话中的人物，据传他在地狱里用灯芯草编成绳子，但不断被他的驴吃掉。塞尔努达引用了歌德的话作为《奥克诺斯》的卷首辞："奥克诺斯编织灯芯草和驴子把它们吃掉，是同样自然的事。他可以不编，但那样他还有什么可干呢？因此他情愿编织灯芯草，好有事情可做；驴子也因此吃掉那些编好的灯芯草，尽管不用编它也是一样吃掉。或许编织后味道更好，或更有营养。也许可以说，在某种程度上，奥克诺斯就这样在他的驴子那里找到了一种消遣的方式。"

钢琴

那时候你家隔壁住着钢琴家一家人,他总是不在,去了遥远的地方,那些城市的名字在你想象中带着神奇的光晕。他偶尔回来几星期,回到故乡和家人身边。即使没看见他穿街过巷,带着几分异乡人气息和过火的艺术家做派,你还是能从傍晚的琴声中得知他的归来。

从回廊走向与他书房毗邻的房间,一个人在那里的黑暗中,深深被吸引却不知为何缘故,你倾听着那些慵懒的乐句,动人的忧伤,呼叫你幼年的灵魂并和她说话,召唤同样陌生的往昔和来日。

多年以后你听到同样的乐声,已经能认出是那位你心爱的音乐家的作品,但你仍感觉在它们后面,在作者的盛名之下,隐藏着某种原初力量的广袤和期冀,在等待一个神圣的姿态赋予它形式,令它从光芒中萌发。

那孩子不关心名字,只看重行动,以及其中决定行动的力量。在那房间的孤独阴影中从墙后呼唤你，让你在琴声沉寂后仍渴望又依恋的，是音乐本源，在人们发现和演奏之先就存在，且是更高的存在，就像对于泉源而言，河流乃至大海都不过是有形有限的形式。

时间

生命中的这一刻到来,时间追上了我们。(我不知道自己是否表达清楚。)我的意思是从一定年纪开始我们就被时间拘束,被迫依赖它而活,仿佛某个狂怒的异象挥舞火焰剑把我们赶出了最初的乐园,——所有人都曾在那里生活,远离死亡的毒刺。时间尚未存在的童年岁月!一天,几小时,在童年里就是永恒的刻度。一个孩子的几小时里包含多少世纪?

我还记得在自己出生的家里,园中的那个角落,我独自坐在大理石楼梯的第一级台阶上。遮阴篷子撑开来,周边笼在清凉影中,正午的光线透过帆布疏落洒下,上面一颗星星闪亮着红呢料的六角。蒲葵宽大的叶子,从庭院空处直伸进敞开的露台,展开一抹灿然的深绿,而下面环绕喷泉的,是夹竹桃和映山红的锦簇花团。水流以不变的韵律落下,催人欲睡,水深处几尾绯红的鱼儿游弋不安,鳞片在金色闪光中耀动。一种慵懒融化在景物中,也缓缓侵入我的身体。

在那里,夏日全然的静寂,因流水的声音更显寂寥,眼前一片淡影,万物的神秘生命在其中显现,我看见时光如何静止,在空中悬停,就像那片藏着神明的云,纯净而空灵,永不消逝。

命运

在大学的古老建筑里,穿过大庭院,另有一个小院,在院子拱廊后面,夹竹桃与柠檬树之间,是低语的喷泉。主庭院疯狂的喧嚣,只需登上几级台阶再穿过回廊,就在那里化为沉寂与宁静。

一个五月的黄昏,楼里全然寂静,因已过了上课的时间,快到考试的时候,你在那个隐秘小院的回廊间漫步。只听见喷泉流水的声音,泠泠不息,偶尔间入一闪而过的颤音,那是燕群飞过由庭院檐角框起的天空一隅。

一生中有多少事情不曾在流水的低语中为你倾诉。你可以一连听上几个小时,就像你观看火焰时的情形。水与火的情谊多美妙!那天下午,泉水像白鹭掠起又落下,化作水池上飞溅的泪水,永恒的萌生与浸没,唤起一组模糊的意念,回忆你大学岁月的终结。

世代的往来更迭最令人惆怅的是在其有形可见的

时候，就像在学校或军营的古老建筑里，每一年都有新的年轻人到来，留下他们的声音，热血中的疯狂冲动。过往青春的清晰记忆充斥其间，墙垣在静寂中回响，好像海螺的空洞螺旋。

倚在庭院的柱旁，那时你想着自己将来的日子，必须做出职业选择，而你，对所有职业都是一样的厌恶，你只想逃离那城市，逃离死一般的氛围。你的需要与你的愿望彼此矛盾，贫穷却将二者打上死结。但这问题已微不足道，你已被时光不停的脚步拖曳向前，伴随整整一代人上升又跌落，与他们一起在阴影里迷失。与许多人一样，丧失了快乐，享受与自由，于是你明白，或许社会在用虚假的物质问题掩盖人的真实困境，以免他察觉自己命运的凄凉或无力的绝望。

重影

金发而秀美——可说是孩子般的脸庞,如果忽略蓝色眸子里的眼神不计,那眼神里是经历过人生也尝过其中苦楚者才有的郁郁。在他的袖口,鲜红好像一道新伤的军阶标志,是他在摩洛哥挣得,他所来的地方。

他站在马车上,卸着一捆捆喂马的金黄麦秸,而群马在里面等得不耐烦,在巨大的阴暗拱顶下仿佛冥界怪兽,不停用蹄甲踢碎石子,扯动将它们缚在马厩的锁链。

在这卑贱的工作上,他疏离而专注的神气,让人想起某个东方故事中的少年主人公,被从自己的宫廷流放,曾有无数奴仆时刻准备满足他最琐碎的欲望,如今却屈尊去做奴仆的工作,但并不因此而有损其高贵的魅力。

* * *

他在午后走过,小而圆的头上黑发蓬卷,嘴角露出一丝嘲弄的笑。他身体敏捷强健,举手投足间充满节奏感,让人想起普拉克西特列斯所作的赫尔墨斯像:只是这位赫尔墨斯屈臂在腰间所抱的并非少年狄奥尼修斯,而是一枚大西瓜,暗绿瓜皮上横贯白纹。

* * *

那些我们曾一度为之神迷的美丽存在,如今哪里去了?没落,蒙尘,挫败,或死亡。然而青春的永恒奇迹依然矗立,就在观赏一个崭新的年轻身体时,偶尔某些相似会唤起回响,唤回我们以前所爱的他人的余味。一旦意识到,在这一个与那一个之间过去了二十年,这一个尚未出生时那一个就已燃起代代相传的不灭火炬,无力的痛苦立时攫住了我们,从此明白,在美的永续后,身体的无常。哦,时间,残忍的时间,为了用今天鲜活的玫瑰诱惑我们,你竟将昨天甜美的玫瑰摧毁!

图书馆

这么多书。满架,满廊,满眼的书在这旷大的思想墓地,此处一切平等,思想死便死了。因为书也会死,尽管无人察觉(或许这里法国文学太多,他们的时尚中唯有死亡)那么多书籍在龛笼里慢慢腐烂所散发的气味。这就是他们,这些书的作者,所期待的么?

这即是身后的不朽,一度构成生命的苦涩时光在其中消解,而那时的孤独与当下并无两样:无一物,无一人。但一本书应该是活的,阅读一本书是神奇的启示,从此读者不再是以前的自己,或变成更丰富的自己。若非这样,这本书里的知识就没有意义,因知识占据空间,甚至会取代智慧的位置,就像这座图书馆取代了此地昔日的原野。

愿阅读对你而言,不要像那许多常读书的人一样,为死而读。拂去你手上野蛮的知识尘埃,抛下这图书馆,或许你的思想有一天会变成干尸在此栖留。

现在还来得及,午后正好去河边走走,水中有年轻的身体遨游,比很多书都有益,其中也包括你日后的书。哦,在大地上,充足完满如一棵树,救赎那沉溺阅读的时光。

孤独

对你而言孤独在一切中，你的一切都在孤独里。多少次收留你的幸福之岛，你在其中与生活及其意图更好融合，就像从市场带回随后悄然绽放的花朵，你将喧嚣带到这里慢慢沉淀成形象、理念。

有些人在生活中匆忙地感受，他们是善于应变的人；但也有人需要与生活拉开距离才能更多更好地观看，他们是沉思者。当下太过突兀，时常充满可笑的矛盾，拉开距离才能理解其中的意外和反复。

在别人与你之间，爱与你之间，生活与你之间，有孤独在。但那孤独，将你与一切分离，却并不令你难过。何必要难过呢？由此算来，土地，传统，人群，你拜孤独所赐最多。无论多或少，你之所是，都归功于它。

做小孩子的时候，你观看夜空，星星仿佛友好的目光令黑暗也充满了神秘的同情，空间的浩渺并未让你畏惧,相反,让你沉浸在可信任的迷醉中。那里的星群中有你的星座,流水一般明澈,像钻石般的炭火闪耀:那是孤独的星座,许多人视而不见,有些人却能看清并从中获益,你幸运地成为其中的一个。

墨西哥变奏

悠闲

　　坐在露台上，拱顶使这露台有几分像修道院，目光越过斜坡上的花园，越过环绕的小径，你向小海湾望去。在清晨，天气还不热。外面，拱门后，嵌满绯色花朵的枝叶细流垂泻下来，遮住视野，同时又仿佛精微的幔子将它隐隐显露。那是什么树？是热带的某种树木，你以前从未见过。（别忘了去问它的名字。）

　　远方传来的低语引得你往下看：动作缓慢，黝黑赤裸的躯体，白裤子，草帽，几个男人在路上工作。工作？这时你的意识仿佛猝然惊醒。工作？在这样的氛围里一切都是，或者仿佛是，那么浑然自发，工作的概念被本能排除在外。想想看。你昨天来到，明天就走。用现在来总结你对工作本能的遗忘和你想起工作时本能的惊恐，值得么？

　　想想看。这感官的，海边的，阳光下的世界，你以为在其中度过了几小时的世界，是真实的么？不就是你年轻时未醒的一个梦，你一生都在追寻的梦？即使这世界是真实的，它会是你的世界么？尽可以做爱，游泳，晒太阳，但你能就这样度过余下的时间么？我知道你会怎么说，这世界，不论真实与否，都已足够。什么也不做对你来说就是足够的活动。

这样的天气，别的好处不算，能够最清晰地显示人类的活动多么空虚无聊。为了生活，有必要这样忙碌么？如果人能在自己的房间安静呆上一刻钟……然而做不到：他必须做这个，做那个，另一个，又一个。那么这时候，谁来做生活的工作？为生活而生活？因活着的快乐而生活，仅此而已？好吧。自言自语就到这里，向四外看看吧。

看。观看。这算悠闲么？谁在看世界？谁在用无功利的目光看世界？或许是诗人，再没有别人。在别处你曾说诗歌是词语。那目光呢？目光不是诗歌么？自然喜欢隐藏自己，而要找到她，就要长时间地观看，入迷地观看。目光是一只翅膀，词语是不可能之鸟的另一只翅膀。至少目光和词语造就了诗人。因此你的悠闲就是你的工作：观看的工作和随后等待词语降临的工作。

现在起来去海边吧。今天早上你已经在自己的悠闲里工作得几乎够多了。

印第安人

有时候和他的儿女一起，有时候是一个人；卖一些看来对他无关紧要的东西，或者没有什么理由，就那样一动不动呆在那儿；赤脚蹲在尘埃里，草帽遮住眼睛，也许从那里可以猜出他的感受，他的想法，看看他罢。

昔日的主子倒下了。征服者自己被征服。革命遭挫折，被遗忘。只有他还是他，分毫未变，任凭时光不变的帘幕，掩上这世界表面的动乱。

其他的族群将他这样的人称作未开化的人。而从这个人那里他们有太多东西要学习。他在那儿。那不仅是一个人：那是一种面对世界的抉择。更好或更糟？谁知道。至少，你，你承认自己不知道。但在内心深处你理解他。

看看他，你曾自以为是诗人，如今你停息了工作、雄心和信念。而他，一无所有，一无所求，更深沉的东西支撑着他；几个世纪以来默默追寻的东西。

很遗憾命运没有让你出生在他们中间。

  企求拥有他那样面对贫穷的淡漠，面对不幸的超然，面对死亡的顺应，或许是太过奢望了。然而，主啊，我感谢你，感谢你创造了他并拯救了他，感谢你让我们还能看见这样一个人，对他而言你的世界不是一座疯癫的集市，也不是一场愚蠢的狂欢。

一本书的记录[1]

---

[1] 这篇文章是塞尔努达为自己的诗歌全集《现实与欲望》第三版（1958年出版）所写的诗歌回忆录，彼时他56岁。译自《塞尔努达全集（第二卷）：散文及文论全集卷一》。注释为中译者所加。

要讲述这本《现实与欲望》中所录诗句背后的故事，请原谅我必须提到创作时诗人的体验与诗歌背后的人生际遇。很多时候二者之间的联系并不明显，需要交由读者来建立，如果他们认为值得并愿意烦劳一做。

在突然发现自己蒙得诗歌召唤以前，我不记得是否料想到或者渴望过成为一位诗人，当这种天命觉醒，我就接受了它。如今我已入暮年，回想起童年和少年时光，我发现其间种种都为我预备好通往诗歌殿堂的道路。正如一位诗人①所言："儿童是成人之父。"

我与诗歌的初次邂逅是借由贝克尔的诗句，多年后，他成为我最喜欢的西班牙语诗人之一。彼时正值贝克尔的遗骨由马德里运回塞维利亚，安葬在大学教堂。我的两个表姐路易莎和布里吉达·德拉·索塔留

---

① 指英国诗人华兹华斯。

给我姐姐一套三卷本的贝克尔诗集。那时我刚刚萌生对阅读的兴趣，便翻着读起来。那是 1911 年（虽然不确定具体日期），八、九岁的我并不知道如何表达在那次阅读经历中的所思所感；但是一定有什么东西扎根于潜意识中，以期未来某一天，从里面开出花来。

到了十四岁左右（需要指出这个节点与青春期性意识觉醒的对应），我第一次有了写诗的冲动。我全然不知何为诗歌，也不懂得任何诗歌形式，只是能听出韵律，有对诗韵的直觉——这正是诗人需要具备的基础特质。某种程度上因为不时听到周围人对诗人习惯性的嘲弄，我对想写作、尤其是写作诗歌的念头生出不可抑制的害羞，尽管我都是偷偷写诗，身边并无人察觉。这一切约摸发生在 1916 年 9 月。几个月后，在高中四年级[1]选修的修辞与文学视野课上，教授这门课的神父（我在一所慈善学校派[2]信徒开设的学校读书）布置我们写一首八音节的十行诗。

而诗歌道路上决定性的一步，我几乎是无意识迈

---

[1] 在西班牙学制中相当于本科预科年。
[2] 慈善学校派是天主教中最古老的教育修会，由 16 世纪西班牙圣徒何塞·德·卡拉桑斯创办，逐渐传播到欧洲其他天主教国家及地区。戈雅、雨果、舒伯特都曾经在慈善学校派开设的学校接受过基础教育。

出的。那是1923年或1924年，我二十一、二岁，正在服兵役，每天下午都和其他义务兵一起遵照指令骑马巡逻塞维利亚城周边。一天下午，毫无预兆地，身边的一景一物忽然变得仿佛初次看见，平生第一次，我与它们产生某种沟通。眼前的一切都变得不同寻常，激发出心中迫切的表达欲望，迫切地想说出这种体验。就这样诞生了一组诗，不过都没有留存到今天。

大学生涯的第一年，我成为佩德罗·萨利纳斯的学生，当时他是塞维利亚大学西班牙语言文学系的教授。不过由于我典型的缺陷——不好相处，很难与他人沟通，尽管有时候我的确想与某人交流——整个学期的课程过去，对萨利纳斯而言我依旧只是个普通学生而已，在1919至1920学年度他教过的几百名学生中，我并不突出。直到本科毕业之际，我在一本校内杂志上发表的几行散文被萨利纳斯读到，之后通过共同朋友的介绍，我们终于真正相识。我不知如何才能表达萨利纳斯教会我的一切，也不知如何感激他在我初出茅庐时的谆谆教诲和殷切鼓励。甚至可以说，这条路上，如果不曾有幸遇见他、得到他的帮助，我就不可能成为诗人。

那时，我第一次（尽管有些是重新阅读，仍可谓初次,因为直到那时我才体会到这些作品的意蕴)阅读了加尔西拉索、路易斯·德·莱昂修士、贡戈拉、洛佩、克维多、卡尔德隆等西班牙古典诗人的作品。萨利纳斯指点我有必要读一些法国诗人的作品,让我去学法语。波德莱尔是我用法语阅读的第一位法国诗人,直至今日,我仍对他心存热爱与崇敬。随后,尽管法语水平依然有限,我开始阅读马拉美和兰波;马拉美的诗句当时就已经深深吸引我,这些年来也始终如此,不曾减色半分。而对兰波的诗,我觉得初次阅读时并没能触及他的所思所想,不过彼时他的诗还是在我的生命中留下了印迹,并随着此后的反复阅读不断加深。

1924年,我开始写第一本诗集《空气的侧影》里的小诗。除了前文提及的那些诗人,还有一位诗人影响了这本诗集的创作:皮埃尔·勒韦迪。我是在一篇批评他诗作的文章里发现这个名字的。勒韦迪并非我特别看重的诗人,但是他诗作中的一些特质有助于我进一步发展自己当时有意达成的风格:毫不掩饰,纯粹(不管这个词在如今的读者脑海里会引起怎样的警惕),言不尽意。无论如何,值得在这里提到勒韦迪,因为他在《空气的侧影》里留下了清晰可见的印迹,尽管没有任何评论家注意到这一点。此外,我当时还在阅读《马尔多罗之歌》和《写给未来之书的序言》①，不过这两本书对我的影响直到几年后才显现出来。

也是在那段时间，我开始阅读安德烈·纪德的作品。萨利纳斯介绍我读了他的《借题发挥集》和《新借题集》，之后又读了《选集》。萨利纳斯恐怕不曾想到，最后这部书为我开辟了解决自己关键问题的道路②。1945 至 1946 年间，我写过一些研究纪德的文章，从中可以看出他对我的影响。至今我仍难以忘怀《选集》带来的惊喜与光芒。在他的书里，我认识了拉夫卡迪奥③，爱上了他的青春，他的天资，他的自由，他的勇敢。我想 1951 年纪德去世时我为他写的区区几行诗句（《纪念 A.G.》），远不足以表达他的作品对我人生的意义。

我没有提到对古希腊语和拉丁语古典诗作的阅读似乎有些奇怪，毕竟众所周知它们是文学的脊梁。可惜我不懂古希腊语，对拉丁语的了解也十分有限（青少年时代的懒散导致我在中学里没有好好学习拉丁

---

① 都是法国诗人洛特雷阿蒙的作品。
② 塞尔努达通过阅读纪德认识并自然接受了自己的同性取向。
③ 纪德的小说《梵蒂冈地窖》的主人公。塞尔努达曾为这个人物写下散文《给拉夫卡迪奥的信》。

语）。我只能阅读这些古典著作的西班牙语译本，有的著作却没有西语译本，或者译得很糟。而且，对古典著作的翻译无论多么完美都需要不断更新，因为每个新时代都需要符合当时语言习惯的翻译版本，否则译文语言就会显得过时，而阅读原语版本则不存在这个问题。这些古希腊语和拉丁语诗歌有相对较好的法语译本，但也不可避免有所损失。

至于哲学领域的阅读，年轻时，单单是"哲学"二字就激起我无限的好奇心和求知欲。可惜我大学时代的哲学史课上得非常失败。我的错？老师的错？那是一位年长的老师，沿袭了他父亲（一个克劳泽主义者）的哲学专业。父亲的哲学流派影响了他的授课，无法满足我之前说的那种好奇心。我自己读了叔本华和尼采的作品，随后，在修经济课程的时候（在我心中，这门课的教授是某些爱慕虚荣又卖弄学识的西班牙知识分子对学生毫不关心甚至轻视的典型代表），我读到了翻译糟糕、修枝剪叶的《资本论》。其实，直到多年后在格拉斯哥和剑桥坐拥大学图书馆，我的哲学阅读面才取得长足的进步。

记得是在 1926 年底，埃米利奥·普拉多斯和马努埃尔·阿尔托拉吉雷在马拉加创办了《海岸》杂志，杂志的增刊用来出版新诗人的诗集。萨利纳斯让我把之前写的诗和已经发表在《西方杂志》上的几首一起结成集子,由他推荐给普拉多斯和阿尔托拉吉雷,很快得到回复愿意出版这本小书。1927年4月,我拿到薄薄的诗集,封面上印着书名《空气的侧影》,标明是《海岸》杂志的第4期增刊,下方写着马拉加南方印刷厂。那天晚上,我把一摞样书摆在枕边,几乎彻夜未眠。我想所有的诗人只要回想起自己处女作问世时的场景,就能理解我那夜的失眠。当时萨利纳斯在马德里度圣周假,我把第一本样书寄给了他。那本书的题献也是给他的。

很快,对《空气的侧影》的书评接二连三地砸下来:每一篇都在攻击这本书。但最让我难过的是萨利纳斯在马德里说的几句语焉不详的评论。所有的评论大都围绕两个观点展开:一个是我不是"新诗人",或者就像有些人当时加诸我身的两个荒谬至极的词语:"新形态"和"将来主义者"[1];另一个是说我模仿纪廉。对于是不是"新诗",时间已经给出了合适的答案;至于模仿纪廉,我在另一篇文章《批评家,朋

---

[1] 此处的"将来主义者"(porvenirista)不同于"未来主义者",是以幽默短体诗闻名的西班牙作家拉蒙·戈麦斯·德·拉·塞尔纳给自己创造的称谓,由西班牙语词组"por venir"(即将到来的)加后缀而成,指的是对不确定的未来持续的追寻。

友和诗人》中已经作答,这里不再赘述。

那时的我毫无经验,在塞维利亚孤立无援,周遭发生的一切令我困惑。后来的经历会慢慢让我懂得当初那些攻击的缘由;但是彼时彼刻,当我得知那几年里西班牙出版的所有其他小本诗集都或多或少被善意地接纳,人们对我的特殊态度就格外折磨,尤其是我已经隐约明白诗歌会是我存在于世最重要的(即使不是唯一的)理由。

然而,只有历经生活的试探和磨砺才会意识到自己拥有何等重要的财富,尽管我深感困惑,心底却有声音说这一切攻击是不公正的,我的书是全然不同的作品,并不像他们说的那样。同时,一些人为我做出的反击也帮助我得出这一结论。何塞·贝尔伽明,这位我认识且尊敬的作家用对这本书的捍卫和称赞回应了最残酷的批评之声。后来又出现了其他赞赏这本书的评价;有意思的是这些评论都是来自远离马德里的文学报刊。其中我特别铭记和感激来自巴塞罗那的 L'Amic de les Arts① 杂志(为向他们致敬,我在这里特地使用了杂志的加泰兰语刊名)。

1936年《现实与欲望》第一次出版时,《空气的

---

① 《艺术之友》。

侧影》中的诗歌在小幅删改后收录其中。此时我颇为反感诗歌中的雕琢痕迹，因而不再使用原诗集的标题。不过十年前我对这本书的结论不曾改变。直到现在（1958年），我读到新近对这本书的评价说"1927年，西班牙诗坛诞生了一本名为《空气的侧影》的佳作"仍然觉得夸张，正如从前我面对与之相反的观点时的感受。

《空气的侧影》是一本少年之书，属于比我实际写作年龄更小的年少时光，充满并不完全有意识的热望，其中的忧郁正是来自发现无法满足这些热望带来的无力感（"忧郁不过是坠落的热烈"，我曾在纪德的一页书中看到这句话）；不过，与此同时，从语言表达的角度看，这本诗集的作者已经或多或少明白自己会去向何方。我直觉地走上如今想来可以称之为口语化表达的方向，本能地避开了20年代西班牙诗歌最常见的两块暗礁：民俗风和学究气。我不喜欢当时在年轻诗人中盛行的、矫揉造作的形式主义，这让我避免陷入伴随出现的不少危险。如今我知道，无论是盲目追随所处时代的文学形式，还是为了讨得同时代的欢心写作，作品都会很快长出最初的几道皱纹，因为没有什么比这两种情形下诞生的文学作品更易受到时间的侵袭。

"那个被他人指摘的地方，更要努力耕耘，因为那就是你。"很难说这句格言是否明智或谨慎，但是在第一本书问世之后，我的确将这句话付诸实践，随后写作的诗歌比起第一本更加"不新颖"。对加尔西拉索的热爱和敬仰（他是我最喜欢的西班牙诗人）加上一些来自马拉美的元素促使我写成《牧歌》。这首诗发表在《卡门》杂志的创刊号上，萨尔瓦多·德·马达里亚加在《太阳报》的文学副刊中为这首诗写作浓墨重彩的溢美之词，然而这篇评论不仅没有让我融入马德里的文学界，反而加深了此前的隔阂。加之误解的敌意扑面而来（"固执己见，毫不改正"，我记得是纪廉·德·卡斯特罗直接这样说道），这篇评论似乎让我更加被排斥在其他年轻诗人的群体之外。

《牧歌》之后我又写了《哀歌》和《颂歌》。毫无疑问，这些对古典诗歌形式的练习对我技艺训练颇有裨益，但是也让我意识到，自己内心深处很多鲜活而重要的东西无法在这样的诗歌中得到表达和释放。保罗·艾吕雅曾说"但我始终未能在我所爱之中找到我所写"，反之亦然，"我也始终未能在我所写之中找到我所爱"，这正是我写完上述三首诗后失望心情的写照。不过，令我满意的是，这些诗让我发现自己已经开始意识到诗歌切实可感的天地远比我们当时习惯的空间广阔。

联想到艾吕雅因为超现实主义的表达效果和技艺非常吸引我。我读了阿拉贡最初的几部作品,还有布勒东、艾吕雅和克莱维尔,在这些书中我感受到不安与大胆的共鸣。一个孤独的年轻人,他无福消受这个社会根据财富和关系为很多人提供的优待与支持,像局外人一样活在世上,他怎么可能不对身边的社会产生敌意。我的不合群还有另一个更深层的个人理由,不过在这里我选择避而不谈。

我想在诗歌中找到一种"相关平衡"来表达我的个人体验,比如看见一个美丽的生灵(对我而言,年轻身体的美丽是最具决定性的特质,是激发我灵感的核心,好像世间第一弹簧,拥有无可比拟的力量与魅惑)或者听到一曲爵士乐。这两种体验——视觉的和听觉的——深深刻在脑海里,剧烈到疼痛。对于这种体验之魔的魅惑,那时我已经隐约找到一种满足与舒缓的方法,即表达出来。不过,在我还无力做到这一点的时候,一直有动人心魄的警醒之声萦绕于耳:我正在经历的时光是属于我的,是我唯一拥有的,我却不懂得享受它,也无法用诗句说出活着的所有迫切。有些读者误以为我的体验不过是情绪波动的产物,比如刚才提到的聆听爵士乐时持续的体验,那么我想兰波的一句话可以与这种体验媲美:"一部滑稽剧的标题在我眼里呈现出恐怖的景象。"①

1928 年 7 月,我的母亲去世(父亲已在 1920 年辞世),9 月初,我离开塞维利亚。自由的感知令我沉醉。那时我已对故乡心生厌倦,甚至直到 30 年后的今天,我仍无意回归。城市,就像国家、像人一样,需要时间的跨度才能讲完想讲的故事,跨越这样的空间让我们疲倦。只有当我们与城市的对话被打断,才会有重新回归的意愿。试想每天醒来永远看到同样的面孔?同样的景物?同样的街道?如济慈所言:"动荡不安的莽撞好过一成不变的谨慎"。自幼旅行就始终吸引着我,空间很快开始令我着迷;另一样让我痴迷的东西是时间,当然,那是更迟一些的事了。

当时我有一些积蓄,可供不铺张地生活几个月乃至一年。离开塞维利亚后,我在马拉加停留数日,那

---

① 出自《地狱一季》中的"谵妄Ⅱ:文字炼金术",王以培译本——"诗歌中古老的成分,在我的文字炼金术中占有重要地位。我习惯于单纯的幻觉:我真切地看见一座清真寺出现在工厂的位置上,一支由天使组成的击鼓队伍,行驶在天路上的一辆辆马车,一间湖底的客厅;妖魔鬼怪,神神秘秘;一部滑稽剧的标题在我眼里呈现出恐怖的景象。而后,我用文字的幻觉来解释我的魔法。"

里的海令我着迷（直到晚年我才再次见到那样的大海），此外，我也有幸见到了阿尔托拉吉雷、普拉多斯和何塞·马利亚·伊诺霍萨。最后这位马拉加诗人悲惨的死亡我们后来都不忍再提①。随后我前往马德里。那些年，大城市都是文学潮流的最前沿，尽管马德里不如柏林或纽约，我还是试图在那里找到一份工作养活自己。因为专业是法律而我对它从来毫无兴趣，我的本科学历并无很大用处。而且我明白自己全身心投入的是一项不能为其他职业让步也无法共享的事业：诗歌。我很害怕兰波所说的"那只手"，那种慢慢妥协于工作和某种职业的精神舒适感，要想在社会上谋生需要的正是这种舒适感，而我不无恐惧地发现，自己永远不会拥有这样一只"手"。

重游普拉多博物馆之后（我在此前一次马德里游历中去过），我最先见到的人是文森特·阿莱克桑德雷。就在此时，萨利纳斯为我在法国图卢兹大学谋得一份西班牙语讲师的职位。虽说工资不高，但这是我第一次走向外面的世界，有机会使用一门此前只是理论上知晓却从未实地运用的外语。马德里让我身心愉

---

① 1936年8月22日，年仅32岁的伊诺霍萨和他的兄弟、父亲一起在内战中被枪决。

悦，但是我却毫无理由地担心自己终将漂泊不定。我后来的命运证实了这种担心。我接受了讲师的工作，在一个黄昏去向萨利纳斯告别，寒冬将至，房子里烧着炉火，一种情绪不怀好意地席卷而过，这是我从未拥有的东西：一个家，以及家所代表的东西。我总是体会到更多被拒绝排斥的滋味而非全然的接纳。当然，对认识法国（我外祖母的家乡）的渴望弥补了我对家的怀念。

初到法国我还太年轻，不足以清楚地留意法国和西班牙的不同。图卢兹像所有其他法国城市一样，有一切宜人和肮脏的东西，很快我就找到一些不令人厌恶的角落。教书的工作对我而言十分困难，因为我从没当过老师，课前准备的东西总是在几分钟内就讲完了，剩下的几十分钟还在虎视眈眈地盯着我。直到多年后我才自如地掌握如何花一整节课的时间讲解一个问题。

当然，巴黎令我着迷。去巴黎之前，图卢兹大学的西班牙语文学教授问我最想看什么，我回答说，卢浮宫。那位教授好像很诧异。尽管那些年里博物馆在革新派年轻人的鼓噪中命运惨淡，对我却有不变的吸引力。路过米歇尔大道，一家家书店门外桌子上都堆满了书，占上一半人行道，总让我流连许久。在巴黎的时间，我都用来观察，用来漫步，用来读书。惟愿能永无止尽地停在那里。

回到图卢兹后，有一天，在写作《夜礼服下的悔恨》时，我突然发现一种形式可以用诗歌说出此前一直表达不出的东西。曾几何时正是同样的灵感激发超现实主义诗人写作，在它的推动下，已经一年未动笔墨的我接连写出三首诗，即诗集《一条河，一种爱》中的前三首。我说过自己不喜欢当时文学风尚的形式主义，也许有必要在这里澄清一下，在我看来，超现实主义不仅是文学风尚，更是一种与众不同的东西：那是一个时代青春洋溢的精神流派，在它面前，我不能也不想无动于衷。

出于对爵士乐的兴趣，我在翻看碟片歌目时偶尔会由歌名引发诗意的联想，比如那首《我愿独自在南方》，我据此歌名写了一首小诗，就是适才提到那本诗集的第二首。有人误把那首诗解读为我对安达卢西亚的乡愁。在巴黎我看了第一部有声电影，电影的片名《南方海上的白影》给我启发写下那本诗集中的第三首诗。至今尤记自己爬上电影院的二层（距离爱丽舍宫很近的一家电影院），感受到大海的轰鸣从波涛深处向我漫延。而在图卢兹看默片的时候，海报上一句话引我好奇："在……（我忘了原句说的什么地方）

铁路上,有鸟的名字"。后来我在小诗《内华达》中用这句话描述了一幅拼贴画。

1929年夏天,我回到马德里,继续写完那本诗集。之前我在写自由诗时遭遇过一定困难,但是此时激发我创作的动力让困难迎刃而解,我开始在《一条河,一种爱》和后来的《被禁止的欢愉》中不时使用自由体写作,舍弃了对韵脚的执意,无论是押韵还是半押韵(事实上从那时起,我就很少再用全押韵)。有意思的是,在我的自由诗或无韵诗中经常能找到歌曲的感觉(比如《我累了》)。我想我的作品里一直断断续续保持着"诗—歌"的存在。不过我不想重复中世纪歌谣的形式特点去写作短谣,而是希望凭借与歌曲创作类似的灵感动力,用另一种文体形式予以展现。很遗憾无人留意我的用心。

慢慢地,我走上一条不同的诗歌之路,对我而言,最重要的是表达出当时最迫切的感受,而不是在韵脚的迷宫里兜兜转转。当然,有些诗人觉得他们最幸福的时刻就是与韵脚的偶然相遇。我尊重他们的感受,但是想效仿很难,我更愿意跟随思绪的牵引,不因受韵脚所限而背离自己的想法。诗歌的神奇在于它所蕴藏的无尽可能,因此,哪怕是最伟大的诗人也只能向我们展现其中一种或几种可能,提供有限的视角，诗歌的视野却是广袤无边的。

对电影的热爱引发我对美国的兴趣，当时北美电影广受欢迎，那里的生活似乎最接近年轻人的理想世界，欢声笑语，敏捷强壮，俨然青葱岁月的画卷。我在一些诗句中用到美国的州名和城市名。此外，不要忘记那些"艺术"之国（比如意大利），尽管对我们中的很多人而言它们已经丧失曾有的声誉，这恐怕得归咎于邓南遮的唯美主义狂言，或是墨索里尼手下那些政治家。不过，没在年轻时造访意大利至今仍令我遗憾。但是当时吸引我们的都是那些现代化大都市。

我继续阅读超现实主义诗人的杂志和作品；我支持认同他们对自我的反抗意识和对社会的反叛精神。我感到西班牙是一个正在瓦解的没落王国，其中的一切都折磨我，激怒我。我不知道，如果我有幸生在另一片土地，是否也会这样不快乐。时至今日，我意识到至少当时没人阻止我发表自己的观点；我发现在自己成长和接受教育的时候，那还是一个在某种程度上尊重人类自由的国家——若无自由，人将不人——当时那个国家瓦解的进程远没有现在这样迅猛。

这样的不满让我的诗句中开始出现反叛的声音，有时甚至有暴力意味。普列莫·德·里维拉独裁政权的垮台，加之举国上下对国王的恼怒让国家陷入动荡紊乱的状态。对墨守成规的厌恶让我有时很难与一些认识的作家打交道，因为他们身上的资产阶级背景令我反感。1931年赫拉尔多·迭戈邀我为他编纂出版的《西班牙诗选》写几句话，作为书中我的诗作部分的介绍，我想我在那篇介绍里忠实地表达了这种不快[①]。不过抛开这些不谈，我在阿莱克桑德雷身上找了前所未有的完满的友情。我们一起共度的午后时光是我能想起的为数不多的幸福而心无旁骛的瞬间。不仅是阿莱克桑德雷的陪伴，还有费德里科·加西亚·洛尔卡，此前我们只在1927年的塞维利亚有过一面之缘，再次见面是在阿莱克桑德雷家中，彼时洛尔卡刚从美国和古巴游历一年归来。就像总会发生的那样，逃离现世的唯一方式就是谈话，那天的拜访令我兴奋不已、意犹未尽。

在此期间，为了有条件继续毕生追求的事业，我找了一份工作为自己提供足以生活的收入，似乎我的经济状况一向如此，好在这次的工作时间大大减少，也就更加易于忍受。《一条河，一种爱》已经写完，1931年我开始写《被禁止的欢愉》。书中的诗都是一

[①] 塞尔努达在那篇介绍中写道——我什么都不知道，什么都不想要，什么都不期待。我要是能期待什么，那就是能死在一个没有这种俗气文明造就出的傲慢人群的地方。

气呵成，没有修改；多年后出版的版本和灵感初次袭来推动我写成的完全相同。这与我最早的两部诗集不同：《空气的侧影》中的诗歌几经修改才以《最初的诗》为题收入1936年出版的《现实与欲望》中；而《牧歌，哀歌，颂歌》的修改更多，几年里我写了无数的草稿与断章才让那三首诗呈现最后的样子。诗歌的艺术有时只需要轻轻的敲打，有时却需要持久的努力，但无论如何，最终的成品都应该是耐心与惊喜的融合。

自从开始写诗，我时常担心写作的激情和灵感会间断性消失。我对此无能为力，它随时可能出现；无法平息的精神体验，日益强烈的表达需要，这些都是情感迸发的原点。外在动力可以从阅读其他诗人的作品或者听几则音乐、观赏一个极具吸引力的造物中获得，然而这些外在理由不过是借口，写诗真正隐秘的缘由来自灵魂深处易感而敏锐的状态，某一刻，极端浓烈直白，令人不禁颤抖乃至流泪（无需多言，这泪水并非个人感情所致）。我学会了如何区分外在理由与真正缘由，而在表达自身体验的过程中，我发现后者才是真正重要的东西，才能感染读诗人的心。

以这样的评价标准而言，我的创作干涸期或匮乏期有时是几个月，有时是一年、两年。慢慢地，我发现这些日子并非真正的贫瘠期,而是用来休息和充电的最佳时间,就像身体需要做梦一样。度过这些日子再重拾笔墨,就会发现自己的作品比以前更加丰富,风格也有所转变。由此我明白此种间断不仅有益,而且必要,能够给人带来精神上的成长与发展。重要的是,不可在这样非自愿的停滞期前功尽弃,而要持之以恒地努力,不断用阅读、音乐、旅行等所有已知的有效途径充实自己、革新自己。此外,缺乏写诗的动力时,也可以尝试创作其他文学体裁。

在《被禁止的欢愉》和《遗忘住的地方》之间我休息了一段时间,尽管从两本书标注的创作时间上不易看出。这段休整期里我经历了一段爱情,上述第二本诗集里很多诗都与之相关;此外,这也标志着我结束与超现实主义之间的联系。我已从超现实主义中获得足够多的益处,它发掘出我埋藏在潜意识里的光,相遇之前,那道光一直掩埋在黑暗与静默中。但是此时,我已不需要超现实主义,我开始看到从诗歌形式的角度而言它已逐渐退化为平庸和做作。重读贝克尔(上述第二本诗集的题目正是取自贝克尔《诗韵集》第156首中的一句)指引我走向新的诗歌视野与表达,不过在此后的创作中,还是零星可见超现实主义的火花踪影。

我在《奥克诺斯》里题为《学会遗忘》的文章中回忆了《遗忘住的地方》背后的个人故事。那个故事是很不堪的，走过那段感情之后再回头看它，我就是这样想的。我那时的反应实在太过幼稚（我的精神发展很缓慢，爱情经历亦是如此）和胆小。我需要多年时间（尽管不知道具体几年）才能在不知不觉中学会如何控制和支配投注在爱情中的个人成分。如果说《现实与欲望》中第二部诗集是我最不满意的一本，那么第五本《遗忘住的地方》也不尽如人意，不似《牧歌，哀歌，颂歌》出于艺术方面的原因，而是因为重读这本诗集会让我感到惭愧羞辱。

诗人需要留意自己的精神发展何时结束前一阶段、开始新的阶段。对一位还活跃的诗人（也就是说创造力尚未枯竭的诗人）而言，这种变化是自然发生的，如同四季更迭，从我们的生活经历中获得养料。我想诗人的第一需要就是汇集各种体验和见识，越多样越好。不禁想起恩培多克勒的话（尽管用在这里偏离了他的本意，我觉得这句话原本是关于灵魂转世的）："因为在这一刻之前，我曾经是一个男孩，一个女孩，一丛灌木，一只飞鸟，大海里一条笨拙的鱼"，在我看来，这句话完美表达了一位诗人所需体验和见识多样化的接替变迁。如果没有这些积累，作品就会变得苍白狭隘。就我个人的情况而言，随着地点、国家、境遇的不断改变，适应它们的过程及其带来的不同感受是我精神发展阶段变化的动力和食粮。此外，学习新语言也让我受益匪浅，这些语言传统里丰富的诗歌为我增添宝贵的精神财富。

1934年我开始写作《乞灵于世间恩典》，后来在第三版《现实与欲望》中，书名被缩短为《乞灵》，以免显得太自命不凡。写这本诗集的时候，我对马查多和希梅内斯式的短小诗歌倍感厌倦（他们大概已失去写作的感觉），我觉得想说的话需要更长的篇幅与更大的广度；得益于当时自己也有能力驾驭长诗（请原谅这样的自夸）表达出想传达的一切意思，我试图打破此前几年被称为"纯"诗的短小限制。这样的尝试拓宽了我诗意体验的边界，避免了"纯"诗削减字数带来的语义单薄。然而除了这个优点，在诗中言尽一切的做法最终因为我的愚钝而损害了创作：这让我的诗歌变得漫无边际，尤其是这本诗集中的前几首诗，很容易看出一种浮夸的语调。所以我觉得那些自以为是地说《年轻的水手》是我最好的诗歌的人简直是一派胡言。事实上，那首诗被人视为佳作的理由恰恰是我刚指出的那两个缺点：语言累赘，语调浮夸——这是我们传统文学品味最显著的特点。

这本诗集写到一半的时候，在创作《悲伤颂》之前我开始阅读学习荷尔德林，这是我作为诗人最有意义的经历之一。那时我已厌倦法国诗歌超现实主义的狭窄导向（这种局限性对他们而言很自然，因为法国人本身就是那样），阅读兴趣开始转向德语和英语世界的诗人，为阅读他们的原作，我努力学习这两种语言。

德国诗人汉斯·杰布瑟当时住在马德里，他与英国朋友罗伊·云斯顿合作翻译编纂了我这一代西班牙诗人的选集，西班牙内战即将爆发之前，这本书在柏林出版。我们由此相识，我也得以实现学习荷尔德林的愿望。在杰布瑟的协助下，我开始翻译他的一些诗；除了翻译莎士比亚的《特洛伊罗斯与克瑞西达》之外，我很少以这样的热情和愉悦工作过。当我逐字逐句探索荷尔德林的文本，那些诗歌本身的深邃与美丽仿佛将我送上诗歌可以呈现的最高峰。这样我不仅习得用全新的目光看待世界，更学会如何与此目光琴瑟合璧，这是诗歌体验的新技艺。1936年初，我翻译的诗歌发表在《十字与横线》杂志上。

我的德语水平尚不足够，所以不得不任凭杰布瑟的引导；这就导致一些惹人恼怒的错译，几年后我才得以正确理解，例如《浮生的一半》最后一句：

"Klirre die Fahnen",正确的翻译应该是"风信旗瑟瑟作响",我最初误解为"旗帜猎猎作响"。我本想在1942年墨西哥塞内加出版社再版我的译本时修改包括此处在内的几个错误;无奈当时身在苏格兰,担任出版社主编的何塞·贝尔伽明没有及时告知我重印的消息。

《空气的侧影》问世以来,我只出版过两本小书:1934年《遗忘住的地方》和1936年《年轻的水手》。尽管我有些恼怒,但是几乎找不到机会出版诗集的这段时间不仅为我提供了反思和修改自己作品的机会,还让我萌生了以《现实与欲望》为书名将此前所有的诗歌结集出版的想法。机会在1936年到来,何塞·贝尔伽明同意在"十字与横线"出版社出版这本书。

在别的场合我曾经说过,我觉得根据读者的接受度可以将文学作品分为两类:面向已存在读者群的和需要孕育读者群的。前者的品味已经固定,后者则需要培养。我认为我的作品属于第二类,这种缓慢受到重视的过程(这一点当然也与我此前提到的自己精神发展的缓慢相关)让我在1936年出版《现实与欲望》的时候终于赢得一些读者的喜爱。不幸的是,此书问世后不久即爆发的内战让我无从得知这些新诞生的青睐。

内战爆发前,我正准备去巴黎担任西班牙驻法国大使阿尔瓦罗·德·阿尔伯诺兹先生的秘书,他的另一个秘书是他的女儿、我的朋友孔查·阿尔伯诺兹。迫近的大事件加速了我的启程,尽管其间有过一些紧要关头可能使我被迫中止旅程(这在当时极为普遍),我还是顺利抵达巴黎,在那里从7月工作到9月。我在巴黎买了一本《希腊诗选》,内含希腊语原文和法语译文,由纪尧姆·布德编纂。我提到这本书是因为那些短诗令人惊叹的简洁与精辟成为我永远的激励和榜样。

在巴黎停留了短暂的时间之后我跟随大使及他的家人回到马德里。对巴黎的怀念混杂着西班牙时局的动荡与艰难。战争初期,我原本坚信西班牙不公正的社会的确亟待重整,所以随着大变革的来临,我以为这些斗争冲突会给未来带去希望,却未曾意识到其中的恐怖。在与西班牙的赤诚相见中,我一方面看到永生不死的西班牙式反击,当初,它在自己无知、迷信、严苛的中世纪,也曾这样存活下来;另一方面,仅仅是我的一厢情愿,我看到属于西班牙青年的机会来了。后来,真正让我震惊的不只是自己居然能安然无恙地逃离那场大屠杀,更是我当初竟然完全没有意识到自己身处一场大屠杀中,哪怕它就发生在我身边。

当时,我从未那样渴望自己能有用处,能做些事。一个著名的犬儒主义者(我记得是塔列朗)曾经提醒年轻的外交官说:"最重要的是,不要过于热情"。的确,荒谬之处恰恰在于热情几乎毫无用处,只能永远自卑地落入旁人的观察中,成为牺牲品。好在我想做些事的愿望并未实现,我没有被用在任何地方。后来发生的一切让我慢慢看清,在那个欺骗了我的西班牙,根本没有任何一线生机。尽管如此,我从未想过离开(考虑到我对当时西班牙局势的态度,离开才合情合理);因为我觉得至少我还在我的故土一边,我还在我的故土之上,做着我永远的工作:诗歌。

我试图在内战爆发第一年写的诗中表达这样的想法,这些诗收录在诗集《云》中。洛尔卡悲惨的死亡从来不曾离开我的脑海。1936年底到1937年初那些漫漫冬夜,我在马德里,听着落在大学城的轰隆炮火,读莱奥帕尔迪。那一年,我的诗歌基调很少积极上扬,句长也逐渐缩短,更喜欢采用11音节和7音节的基本组合。

曾有人为我提供离开西班牙的机会,我不知道当时如果抓住那些机会是不是真的可以成行。1938年2月,一位英国朋友在我毫不知情的情况下,以请我去做讲座为理由,从伦敦为我争取到在巴塞罗那的西班牙政府签发的前往英国的护照。直到手续悉数办好可以启程,他才通知我这一消息。我以为自己的离开不会超过一两个月,这样的想法才使我轻易接受了安排。然而,至今我已离开二十多年。那位英国朋友斯坦利·理查德森1940年在伦敦死于德军的轰炸。因为他的帮助,我才躲过内战结束后自己本可能面临的种种危险。刚开始我对同胞遭受的大规模迫害与屠杀并不知情(西班牙人始终未能摆脱历时百年的执迷:国土之内总有非得赶尽杀绝的敌人),但是当我意识到正在发生的事情,所有日常生活都被扰乱了,以至于哪怕身处西班牙之外,很多年里我还是反复做着同样的噩梦:看见自己被人稽查和追杀。这样的梦魇折磨着我,足以告诉我自己潜意识里与西班牙的关系。

我并不了解英国,尽管那是我从小感兴趣的国家,毫无疑问,这种兴趣来自生命中不可或缺的对立面的吸引力:我生长在南方的天性需要北方的补充才能完整——至少这样的冲突令我收获颇丰。起初伦敦让我有些失望,我原本期待看到又一个像巴黎一样拥有外在美的城市。要想爱上伦敦,或是爱上英国,必须感受它的内在美，多年积淀渗透的传统与国民气质，这需要时间。而在当时，时间是我最不想要的东西；为乡愁所动，我只想回国，仿佛我已经预感到自己将与西班牙渐行渐远，直到有一天，不再在乎能否回去。另一方面，在英国的外国人，尤其是南欧人，很少能避免一定的羞耻感。英国人对自己及周围人的掌控力令我们不可避免感到弱势，他们天生优雅精致的礼节更是与我们的直率粗糙形成鲜明对比。英国是我见识过的文明程度最高的国家，全面展现了"文明"一词的完整含义。如此强势之下，只有臣服并学习，或者离开。

我正是这样做的：没有钱（一如既往）且尚不通晓英语的情况下，我被英国人完美的相处模式折磨了几个月，终于在7月动身前往巴黎，打算取道回国。我原本抱着勉强的愿望，想回到故土的废墟上做一个无能为力的见证者，然而关于内战的最新消息阻止了这一切。那是我一生中最悲凉的岁月：没有钱，没有工作，依靠与我景况类似的朋友陪伴帮助才得以保持希望、继续向前。

离开西班牙的时候我带走了刚写的8首新诗；在伦敦，前文提及的感情触动我又写了6首。其中大部分皆因"西班牙意识"而起，那种忧国之情我此后再没有体会过。我从西班牙带去英国的几本书包括迭戈编的《西班牙诗选》，重读乌纳穆诺和马查多，我在他们的诗句中为自己的忧虑找到了答案。当时写的其他诗则与我身处的环境相关，几首在法国（比如《喷泉》的创作背景是巴黎的卢森堡公园①），回到英国之后，以英国为背景的诗歌随之变多。在巴黎，我得到斯坦利·理查德森的消息说萨里郡克雷格学校已经录用我从9月起担任西班牙语课助教一职。于是我回到英国，1939年1月又从克雷格学校去了格拉斯哥大学，1943年再从格拉斯哥去了剑桥大学。

如果我没有回到英国、学会英语并尽己所能了解那个国家，我就会错失自己成年岁月里非常重要的一段经历。我和我的诗歌在那里得到了所需的修正与弥补。我从英国诗歌里学到很多，如果没有对它们的阅读和研究，我的诗歌会是另外的样子。不知道会更好还是更坏，但毫无疑问是另外的样子。我记得帕斯卡尔曾说过："如果你没有已经找到我，就不会来寻找我。"那么我向英国诗歌寻求教诲和体验，也是因为我已经找到它，因为我已经预先为找到它做好准备。

另一方面，助教的工作让我意识到应该通过讲解

---

① 巴黎市内最大的公园，位于六区拉丁区中央。

引导学生自己看到我想传达的意思；我的任务是一路领着他们走到每一部西班牙文学作品的真意面前。这样，距离读懂这部作品只剩一步之遥。作为诗歌创作者，我也应该做类似的事，不是直接把自身体验的结果展现给读者，而是带着他们走我曾经走过的路，经历我曾经体验过的状态，最后，留他们独自面对终点。

在克雷格学校教书的那个秋天，张伯伦与希特勒的会面让危机不断累积，英国乃至整个世界都在这种危机中惶惶度日。一种忧伤的平静向我袭来，经历了内战的撕扯，这种感情在那一时期的诗句中得到释放。《拉撒路》是我最喜欢的作品之一，我想通过这首诗表达自己体会到的破灭的惊喜，如同死后重回人间。我在克雷格学校周围的原野上遇见过的那些学生，有很多都在随后几年死于第二次世界大战，他们和所有其他死于战火的人一样，名字早已被刻上墓碑，《慕尼黑协定》只是推迟了注定的死亡。而对沮丧的我而言，萨里郡那片原野框住我对西班牙的土地、空气和朋友所有尖锐的想念。

我继续阅读英国诗人的作品（从之前的春天开始）。一直以来，我很习惯西班牙诗歌的繁复词藻（多是巴洛克风格），在法国诗歌中也能微妙感受到此类特点,所以同时阅读莎士比亚的喜剧和布莱克、济慈的诗歌,我茫然地发现在英国诗歌中找不到这样的用词,或者说,至少英国诗歌的立足根本与西班牙或法国不同。很快,我在英国诗歌中找到一些诱惑我的特点:我觉得如果诗句的声音不再尖叫或声讨,如果诗句的语言不再回环往复,少些厚重和浮夸,诗歌的实际效果会更加深刻。简洁的表达为诗歌提供了恰如其分的轮廓,一分不多一分不少,如同那本古希腊诗选里令人敬仰的警句诗。

我学会尽量避免两种文学劣习,在英语中分别叫做"pathetic fallacy"(记得是罗斯金这样叫它的)和"purple patch"。前者可译为感情误置[1],指代将自身体验客观化的过程,带给读者的不仅是体验的结果,更是主观的印象。后者指虚张声势的段落[2],美丽但浮于表面的语言表达。诗人不能只迁就自己格外喜欢的几句话,而应该学会为整首诗的基调做出必要的牺牲。就这样,一种文学直觉帮我避开这些风险。此外,我从英国诗歌、尤其是从勃朗宁那里学到如何将自己的

---

[1] 这个词由罗斯金在其《现代画家》(第3卷,1856年)一书中引入,用来指称将人类的感情、意向、脾气和思想投射到或归到无生命的东西上,仿佛它们真的能够具有这些品性似的。
[2] 特指平庸文学中炫彩的一段。

情感体验加诸历史场景或者历史人物（例如在《拉撒路》《羽蛇神》《国王的座椅》《凯撒大帝》中），让这种个人体验从戏剧或诗歌的角度都更加客观化。我的诗中开始出现英伦风景的光线、树木、花朵，因而沾染上新的色彩与明暗。这就是北方为南方的我补充的感知色谱。

阅读英国诗歌带来的这些影响是累积的集合效应，并不单单归功于某个特定的诗人。不过莎士比亚对我而言永远是现代文坛无人能比的人物，他对我的意义相当于但丁之于某些英国诗人——南欧的但丁给予身处北方的他们的东西就是莎士比亚给予来自南方的我的，尽管但丁与莎士比亚除了伟大没有其他共通之处。在阅读诗歌的同时，我也看诗论，英国诗坛的诗论数量众多且意义重大，例如约翰逊博士的《诗人列传》，柯勒律治的《文学传记》，济慈的《书信集》以及阿诺德和艾略特的散文。我对这些英国诗人写作那些脍炙人口的诗篇过程中的心路历程很感兴趣，也喜欢阅读他们对诗歌及相关问题的思考。

1940年我在格拉斯哥，贝尔迦明在墨西哥再版我的全集《现实与欲望》，加入了第七部分《云》。这本诗集我从马德里开始写作，在伦敦、巴黎、克雷格学校继续，直到那年在格拉斯哥完成。1943年，布宜诺斯艾利斯市面上出现了《云》的单行本（当然是盗版的）。我此前一直担心战后西班牙的大环境对我们这些流亡诗人和作家不利，而且我的作品在1936年战争爆发前夕才刚刚出版，我以为它们一定早被遗忘，新一代年轻人也不会知道我。没想到不仅全集得以再版，还出现了盗版书，这让我隐约看到一抹积极的曙光。

格拉斯哥和苏格兰令我不适。1941年起，我的暑假都在牛津度过。尽管战争让那里的书店也难以引进本土书籍的新版或外国书籍，我还是慢慢读完在那里找到的不少诗集和与诗歌相关的书。暑假结束动身回苏格兰时我总觉得异常沮丧。1941年夏天我在牛津开始写《仿佛等待黎明的人》，之后在格拉斯哥继续，1944年在剑桥完成。从1941年的秋冬时节到1942年的春天是我一生中诗歌表达欲最强的一段时间，有很多主题和感受渴望在笔下找到出口，有时候一首诗还没写完，另一首的念头已经浮现出来。我时常听人说诗人应该质疑这样多产的时期，我不知道。我自己那个阶段的成果就在这里，无论如何，《仿佛等待黎明的人》大概是我最喜欢的自己的诗集之一。

搬家去剑桥大学让我很开心。即将登上前往伦敦、剑桥方向的列车的那个下午，终于要离开苏格兰之前，我最后一次去格拉斯哥大学，在四方院子里驻足，仔细看了看周围的一景一物（无论是厌烦的还是喜爱的，我都让目光多做停留）。然后，我走了。我很少如此愉快地去一个新的地方。在剑桥的两年（1943年至1945年），我住在以马内利学院，熟悉剑桥和牛津两所大学学院制度的人会明白那是怎样的幸福。担任教职让我和在格拉斯哥时一样可以使用学校的图书馆。

那些年的阅读生涯，特别值得一提的是，我从格拉斯哥时期开始就养成习惯，每晚睡前读几节英文版的《圣经》，这也在《仿佛等待黎明的人》的诗句里留下印迹。与众不同的阅读体验来自《歌德谈话录》，以及歌德与席勒的书信集。这两本书让人无限靠近歌德，如同亲身参与他的日常生活和思想脉动一般。尤其是他与席勒的通信对任何诗人都是典范。在剑桥，祁克果的作品深深吸引我，我读了他不少作品的英译本。

除了读书，我也继续尽可能培养自己的音乐素养。早在塞维利亚时期，我就经常去听音乐会，而英国满足我的不仅是对音乐的热爱，更是我对音乐的需要。在我心中，音乐的地位仅次于诗歌。伦敦有很多欣赏音乐的绝佳机会，我至今难忘曾经听过一系列周末音乐会,演奏的全是莫扎特的室内音乐。莫扎特是令我享受到最多纯粹快乐的艺术家;想起有人说艺术应该"承担政治责任",应该有用,而我从未见过比莫扎特的作品更加纯粹的艺术。

二战结束时我正在剑桥,那几年的状态一如我当时写的诗集的名字:《仿佛等待黎明的人》,当世界倒退回最初的混沌与恐惧,能做的似乎只有等待这场大倒退终结,而英国如同创世大洪水中挪亚的方舟。当时我已在英国住了好些年,但是我对这个国家及其国民性格的态度依旧十分矛盾,这种情绪在我所有以英国为背景的诗歌中都有所体现。我没有忘记也很难忘记我在那片土地上见证过多少令人敬仰的行为:无论在先见之明、民众常识还是默默努力方面,我在二战中目睹的英国与内战中的西班牙迥然不同。

关于英国人这种无需具体行为或言语的勇气,我想起在利物浦一家旅店里看到的事。当时德国空军试图用一系列轰炸制造恐慌,我坐在旅店的公共休息室里,身边其他房客都在读书或轻声说话。预示敌军飞机临近的警报响起,紧接着炮弹在更近的地方爆炸,没有人惊慌移动:所有人依旧沉默,保持袭击突然开始前的神态。过了一段时间,我重回利物浦,市中心的建筑全部坍塌了,包括那家我住过的旅店。英国和英国人并不容易让人喜爱,至少对我而言,但是我从未见过如此令人敬仰尊重的土地和人民。

离开剑桥之前,我已经开始写《活而未活》,之后在伦敦继续(我是1945年去伦敦的)。自从开始读荷尔德林,我就在自己的诗中越来越明显地使用跨行诗句,也就是说,把一句话拆成几行诗。这样我慢慢开始转向双重韵的均衡使用:行韵和句韵。有时二者是统一的,有时却不尽相同,行韵更明显或者句韵更明显。当我侧重压句韵时,在不专业的人听来,似乎带来不规则的感觉(在伦敦,有一个对诗歌不甚精通的人甚至问我是不是放弃写诗了)。我的一些诗中(尤其是那几首我非常喜欢的戏剧独白诗)句韵的强大统治力几乎让人听不到行韵。从很早之前起我就不太喜欢特别明显的行韵,因为这不可避免地显得单调,我也从来不想使用长短格韵或者全篇统一的12音节诗。如果说诗中有音乐,我最希望将它写成"缄默的音乐"①。

可见我不喜欢韵律,尤其是极为"工整"的押韵,1929年以后我就很少用它。我也厌恶过于瑰丽

---

① 此处引用的是西班牙黄金世纪伟大的神秘主义诗人圣十字若望的诗句"缄默的音乐/铿锵的孤独",圣十字若望是塞尔努达最崇敬的几位古典诗人之一。

或奇异的语言，因而总是努力依照自己的用意和目的选择精确但是日常的词语：我一直倾向于比较口语化的表达。胡安·拉蒙·希梅内斯曾说过："那些写作像说话的人比写作像写作的人要走得更远"，我觉得这真是他说过的最正确的话。我不是说在我的诗里找不到例外，一个作家总是无法（也不知如何）永远忠实于自己的品味，诗人亦如此，有时候命运会指引我们走向完全与自己对立的地方——这也不全是坏事。最近我为了修订第三版《现实与欲望》重读自己以前的诗，这是一项苦行僧式的工作，需要克制一切虚荣心，我发现其中只有很少的诗真正符合我刚才提到的文体和语言风格（也只是部分符合）。

离开剑桥让我很难过，尽管伦敦的西班牙学校也为我提供了相同的工作，但是氛围不再如此迷人。当然，伦敦有更多的剧院、音乐会，难以计数的书店，我没提到博物馆是因为二战期间藏品都被转移一空，此时正在慢慢收回那些珍宝。直到我离开英国前往美国时，都没能再得一见大英博物馆的古希腊文物。我在剑桥写了《活而未活》的前八首诗，后来离开英国之前还写了 13 首，其中一部分是在科尔诺耶[①]写成。

[①] 位于英国西南部凯尔特地区。

那时我已厌倦大都市和大都市代表的生活方式，所以一有假期就会去海边的科尔诺耶。1946年，我在伦敦开始翻译莎士比亚的《特洛伊罗斯与克瑞西达》，这项因热爱开始的工作教会我许多东西。

1947年3月，我接到好友孔查·阿尔伯诺兹的来信，当时她已在美国的曼荷莲女子文理学院[①]工作数年。她在信中问我是否愿意接受曼荷莲提供的教职。尽管这个提议听起来很棒，我当时并没有想好怎样或者去哪里继续自己的生命。回故乡？我从没想过；我与西班牙实体分开多年，精神上的分离感已被慢慢耗尽。年轻时美国曾是我的热情所在，但一直未能如愿身临其境，所以可以想见这份来自大洋彼岸的邀约十分吸引我。我开始漫长而复杂的手续办理以取得签证，此外前往纽约的交通并不便利，战争刚结束，航空和海路航线尚未正常运营。

到了夏天，那是我在英国的九年里最阳光灿烂的夏天。我顺利拿到美国签证，但是交通的难题仍未解决。我必须在9月底前抵达曼荷莲才能赶上开学。就在我已经对这趟旅程绝望的时候，负责行程的旅行社

[①] Mount Holyoke College，美国与"常春藤盟校"齐名的"七姊妹女子学院"中历史最悠久的女校，诗人艾米莉·狄金森毕业于此。

打来电话，说有一位女士临时取消了她的出行计划，所以我可以递补她的舱位。那是一艘停靠在南安普顿的法国轮船，计划于 9 月 10 日启程驶往纽约。我问过自己很多次即将前往的那片土地会是什么样子，要知道那不仅是又一片土地，又一个国家，那是美洲大陆的一部分，一个西班牙人定然会对那块大陆产生独特的向往和兴趣。

由于我当时反感大都市，偏爱乡村风情（忒奥克里托斯一直是我偏爱的诗人），所以对美利坚这片土地我最具体的问题就是："那里的树什么样？"这句话后来成为我在曼荷莲写的一首诗（《别的空气》）的第一句。不自觉中，树木象征了我对那个尚属未知的国家的好奇，因为此前这些年，我面前始终是英伦三岛美丽至极的树：栎树、圣栎和榆树（英国榆树是西班牙阿兰胡埃斯榆树的兄弟，腓力二世时传到英国）。还有以马内利学院庭院里那棵 200 年历史的法国梧桐，我在《活而未活》中写过一首《树》献给它。

1947 年 9 月 10 日午夜，我从滑铁卢站出发去港口，坐上开往美国的轮船。我被两种截然相反的情绪左右着：有对新国家的向往和好奇，也有丧葬般的悲伤，因为抛在身后的是属于我们的世界。轮船的舷梯移开，我站在甲板上等待起航，回想在英国土地上度过的九年时光。我不知道诗人体会到的感情是否比常人更加浓烈，我也没法知道，因为如霍普金斯所言："我只用这只罐子喝酒，而它是我自己的存在"。南安普顿港口的那个夜晚，出发前的时间足够我好好回想自己生命中的一个阶段，就像人们常说将死之人会在临终时做的那样。

后来我想用《离开》这首诗表达当时的感受却没能做到。诗人需要发掘一个主题下所有可能的分支，追踪它们，在诗句中将它们联系起来，才能创作出一首诗。当某种感受逃离我们掌控，有时是因为我们懒于寻找它，比如我写《离开》的时候；有时却是因为我们无法找到它，比如我写《共鸣》这首散文诗的时候。当然，并不是写每首诗都必须发掘所有的可能性，如果这个主题诗人预先已经知晓它有限的几种可能，那么仿若闪电，灵光一现只须瞬间，之后将这种体验的精华记录下来即可。我的《荆棘》就是这样写成，也是我自己最喜欢的作品之一。

上述两种情况，一种是无限的诗歌可能，另一种是有限的，必须预先判断区分它们，因为前者需要阐发，后者需要凝固；这种不同是由诗歌的起源造成。我总希望自己的诗来自第一手的体验，实践教会我如果没有自身体验，诗歌就不可能显得非此不可，也不能获得最确切的轮廓和最精准的表达。一首诗早在被写出之前，它诞生的来源就已经决定其天然延展度的宽窄。表达亦如此，在这两种不同的情况下，需要根据诗歌各自的天然属性选择适合的语言，调整为慢一拍的节奏或短一点的步伐，当然这两种情况都需要专注而强烈的爆发，我只是在谈论节奏速度的变化。以上这些都会在一定程度上影响诗人所需的变化，如果你不希望自己的作品变成独角戏，当然这种变化取决于诗人在主题选择和语言表达方面有多少空间。

我在《抵达》这首散文诗中描写了抵达纽约时的情境。我从一个刚经历过战火纷飞、战后余烟未尽的国家，带着格外强烈的忏悔和苦行态度来到纽约城的各大商店（恐怕是这座城市最令人享受的地方之一），这种感觉简直像走进了丰饶安乐的"豪哈国"①。曼荷莲让我身心愉悦，那里的人很热情，各种物资也都富足。而且，平生第一次，我的工作得到体面而足够的工资，很显然这也是我积极心态的保证。

---

① 1533年西班牙殖民者皮萨罗探险至今天的秘鲁，发现一个美丽的山谷，覆满绿色植物，美丽无比。皮萨罗在征服手记和信件中写下"来自豪哈国……"（这是当地土著语言地名的西班牙语音译，如今这个山谷所在行政区划是秘鲁中部一个省，省名和省会城市名都叫豪哈）；1560年，豪哈国在作家Petrus Nobilio笔下被写成牛奶与蜜糖流淌成河的国度，修士修女起舞，书中写着不止一位公主梦想着豪哈国。十七世纪西班牙的谣曲中将豪哈写成一个绝妙、神奇、天堂般的国家。

那年11月我收到从布宜诺斯艾利斯寄来的《仿佛等待黎明的人》的样书。印刷错误虽然不多，但是考虑到书很薄，这些错误还是像《现实与欲望》再版时那样令我生气。我依旧无法直接得知这本书的反响，后来我慢慢从各处听说这次我的诗受到和当年处女作在马德里出版时截然不同的评价，这令我有些困惑，也许是时间终于开始做工。有意思的是，尽管此前我出版的诗集并未得到特别关注，它们也没有被遗忘，当人们提到西班牙诗歌，我的名字还会经常出现。这是一种沉默的认可。而在所有这些令我惊讶的事情中，最超乎想象的是，这么多年，尽管始终被孤立，尽管发表自己的作品实在不易，我居然一直依靠一个荒唐的信念坚持写作。诗歌和以诗人自居是我全部的力量，就算这个信念是错误的也已不再重要，因为正是这个错误让我收获如此多美妙的时刻。

1947至1948学年，我在曼荷莲继续感受这样的愉悦心情。但是那个学年结束的时候，一个跟我做论文的学生在向我告别时突然说："您别留在这儿，别留在这儿"。通过她的解释，我看出她担心这样舒适的氛围可能损害我的诗人生涯；然而我从未停止记录自己的心情。与那位学生的预言相反，我正是在曼荷莲写完了《活而未活》并开始下一本诗集《倒计时》

的创作,尽管这本诗集完成时我已离开美国来到墨西哥。

1949年夏天我第一次来到墨西哥,当时不曾料及那次度假的影响如此之大,以至于相比之下,曼荷莲的生活竟变得令人烦恼。在我1949年冬天开始写的散文诗小书《墨西哥主题变奏》中,可以隐约看到这种心理斗争;《倒计时》的几首诗也有所体现,连离开曼荷莲所在的小镇去纽约小住数日都于事无补,因为我不认识任何人,有时候,我觉得自己在偌大的美国好像一个局外人,恐惧感突如其来。我只想回到墨西哥。如今我明白,当时自己的状况就是我最原始的反应,不受任何意志控制,超越一切理性思考和人之常情。

此后的几个夏天我频繁回到墨西哥。1951年,我征得学校的同意将假期延至半年。那个夏天,我遇见X,开始为他写《给一个身体的诗》。考虑到自己当时的年龄,我自始至终都明白,作为年长者爱上他无疑是荒谬的。但是我也知道(无须任何理由),一生中,总有一些时刻需要我们毫无保留地将一切托付给命运,跳下悬崖,坚信自己不会摔得头破血流。我想,哪怕我曾经爱过,也从未如此深爱过,要描摹这段迟来的爱,未及落笔,诗已自成。虽说是"迟来",在墨西哥的日子，我却感受到青春年少时都不曾体会的年轻。非得经过这么多年，来到世界另一端，才能体验这等幸福的时刻。

但是，这段爱情从一开始就面临终结的威胁，因为遇见他时我在墨西哥的法定居留期将满。很快，我不得不借道古巴回到美国。在曼荷莲的生活变得无法忍受；漫长的冬季难见阳光（要是能有一缕光线也许可以给我些许安慰），降雪让我的状况更加糟糕。甚至连一直以来对我有独特吸引力的阅读也变得无聊；有时候，我走进学校图书馆想找本书看，最终却两手空空地离开。要知道，有很多年我都"替身般"活着（《活而未活》的书名正是由此而来），有时候我会用读书来代替我没有真正活着的生活。那种状态很像堂吉诃德以为自己在山洞里看到的那些人，而且我和他们一样，在半梦半醒的不真实中悬空移动，没有痛苦也没有快乐。这样活着的后果就是我们与死亡之间已经没有阻隔：生死线毫无遮掩，放眼望去只能看到死亡。幸好，爱情拯救了我，一如既往地，用它完全和霸道的占有。

说完那段时间对读书的厌倦，我必须说说自己在曼荷莲最具启发性的阅读体验：我参照英文译本读了第尔斯写的《前苏格拉底哲学家残篇》；定居墨西哥之后，我还会读到伯纳特的《早期希腊哲学》。这些前苏格拉底时期的残篇，尤其是赫拉克利特的作品是我在哲学领域读过的最有深度和诗意的文章。此外，书中用来解释宇宙起源的理论，尽管与我们今天的解释相矛盾，还是凸显了他们的智慧。那个古希腊世界很遥远，却又离我们很近，这一生中，我很多次被它吸引，去感受那个时代的诗人在他们的作品中表达出的乡愁（他们远比我更了解那个世界）。实在痛惜希腊从来没能打动西班牙的心灵与头脑，这里有全欧洲距离'那个叫做希腊的荣光'最遥远、对它最无知的心灵与头脑。只要看看我们的生活、历史和文学就知道了。

对第尔斯的书的兴趣让我想起一段始终难忘的童年记忆。那时我得到一本希腊神话，是很基础的故事，所有的神都以人形出现，尽管是罗马人写的，至少还没有被19世纪那些学究神圣化。如今我努力解读自己当时读完那本书的想法，即，我突然觉得自己原本根深蒂固、自然形成、从未质疑的宗教信仰显得很悲哀。《奥克诺斯》里《诗人与神话》一诗描写的正是那次经历，这一篇本该在那本书再版时发表，但是由于编辑的胆怯，它只出现在作者样书中。

也许相比于信仰的不同，面对不同信仰的不同反应更加重要。尽管我对希腊或他们的信仰不甚了解，但是一些评论家总结出的他们对待信仰的态度——慵懒恣意地度日，此生死后没有审判或奖赏——对我而言毫不怪异。事实上，在希腊人看来，至少在他们历史上的某一阶段，最重要的就是抓住现世，不考虑必将到来的终点。的确，我在自己的某些诗句中曾经用一种甜蜜的幻想欺骗自己，那就是生命永恒存在，以这样或那样的形式。无论信仰多深，永远忠实于自己的信仰总是很难。这恐怕要归咎于我自发而单纯的唯心主义，只有随着岁月的流逝，我才得以控制这种倾向，并用理性思考引导自己走向唯物主义。正如柯勒律治所言，人一出生，不是柏拉图学派就是亚里士多德学派，换言之，不是唯心主义者就是唯物主义者。

我更愿意回避这个话题，然而考虑到它与我的一些诗歌相关，至少还是要说明：我的信仰，就像传说中沉没之城的钟，不时敲响，给我试探，或许那真的是传说，是虚幻的；又或许它们真的存在。就这样，在长久的失效之后，它们会以自己的方式、根据我的需要出现，例如内战后，我的创作"狂飙突进"①的阶

---

① Sturm und Drang，18 世纪德国文学界从古典主义向浪漫主义过渡的阶段，中心代表人物是歌德和席勒。

段,或是经历《给一个身体的诗》所写的那段意想不到的爱情时。正因为此,假如不冠以信仰的名义,难道它们不就是我自身所求的反映吗?

1950年冬天,我开始写《倒计时》,这本诗集的标题不仅指时间的紧迫(我之前说过,从生命中某天开始,时间成为我持续的忧虑之一),更主要是指当时我正在经历的那段爱情。这本诗集里的大部分作品篇幅都比以前短,而且开始出现半押韵的诗句。一方面,这说明我在寻找如何集中主题的办法(也许并非完全有意为之)而非主题的分支;另一方面,也说明我对诗的歌曲性的注重,倾向前文提及的"诗—歌"。这两点并不全是自主意愿决定的结果,而是来自潜意识的推动。

我从来不是个理智的人,尤其在决定性的关头。所以1952年从墨西哥结束假期回到美国之后,我决定辞去在曼荷莲的教职。鬼使神差一般,我毫不犹豫地将体面的工作和足够的工资扔在一边,更不用说在这个友善好客的国家生活可以得到的最大限度的舒适和便利。但是爱情将我拉向墨西哥,这种力量超越了我内心深处不安定的因素。多年来,我总是发现自己与世隔绝,生活似乎在离我很远的别处,我无从找寻;这使我永远渴望逃离,渴望去别的地方,早在我儿时阅读那些前往遥远地方的游记时,这种渴望已然扎根。唯有爱情能缓解我对动荡的热衷,给我真正属于一片土地的安全感,让我不再觉得自己是个入侵的外乡人。他年轻身体的美丽对我有如此强烈的吸引力,让我把爱情置于一切其他考虑之上。所有这些都促使我决定离开美国。

不过还有一个因素影响了我的决定。一生中我不断对自己身处的新环境做出反应,这使我尽管在塞维利亚度过童年和少年时光,却不至像当地人那样以为自己并非生长在一个还算宜人的省会城市,而是在世界的中心,他们因此对世界的其余地方失去好奇。去马德里以后,我也没有局限于那里习以为常的文学潮流和品味,马德里虽是首都,这方面却也不比塞维利亚进步很多。在我的一些诗句中也可以看到这种曾经对我颇有帮助的反叛。就这样,我最终下决心离开美国。也许有人看到这些话,会觉得我是个"无法适应新环境的人",我承认这的确是一个人在社会上最大的不便之一,而且这样说我不无道理。我只是像所有其他人一样,努力寻找属于自己的真理,我的真理,也许不比别人的更好或更糟,只是与他们的不同。

1952年11月,我定居墨西哥。那时我就决定不让别人为我这一举动承担责任,这是我自己的选择。

我不能说自己永远不会后悔，但是我对爱情的乞求不过是一些瞬间，已然近乎永恒，尼采所说的那种深刻的永恒。我还能期待爱情给我什么更多吗？还需要更多吗？

我在墨西哥写完《倒计时》，其中包括《给一个身体的诗》，在写过的所有诗里，这一组我格外喜欢。我知道这样说给人留下了对我的作品做出最严厉批评的机会：那就是我并不总是知道也不总能很好地保持"承载感情的人物形象"和"创造人物形象的诗人"之间的距离。1958年的今天，《现实与欲望》第三版已在墨西哥出版，我为它写下这篇文字，想从时间的视角审视自己的作品，更多地不是为了看看我自己如何写诗，而是如歌德所言，看看我的诗如何影响我。

多年前，在塞维利亚，家人告诉我，在我出生受洗后的聚会上，父亲向院子里撒下硬币供观礼的孩子们争抢，表哥表姐哄闹着扑向硬币，我的二姐安娜却没有参与，只是站在角落里看着。有人问她为什么不加入进去，她说："我在等它结束。"从姐姐的回答里，我看到的不是单纯的傻话，而是一种不受外界影响的特质，一种我也具备的家庭性格。

就这样，面对纷繁混乱的人群，他们都在匆忙追逐世界赐予的礼物：机遇、财富、地位，我始终站在一边，不是为了等待一切结束（像我姐姐说的那样），我知道除非世界灭亡，否则这一切永远不会结束，只是出于对人类尊严的崇敬和保持这份尊严的需要。我并不自认从未有过卑劣的行为，但我从来没有为赚钱或晋升这样做。这种态度一定会让有的人觉得愚蠢，很多时候我自己也这么想。不过，许多世纪以前某位无限智慧的人[1]就已断言："性格即命运"。

汪天艾　译
2012 年 3 月初稿于燕园
2014 年 10 月定稿于马德里城北

---

[1] 指赫拉克利特。